DOG EAR

1. 책장 모서리의 접힌 부분
2. <책장의> 모서리를 접다

Contents

03 모임과 모임

04 모임의 참여

여는 말

글 : 나무

가정해 보자. 당신이 지금 막 책을 다 읽었다. 혹은 방금 읽은 내용이 너무 벅차올라서 가름끈을 넣고 책을 덮었다. 당신은 자신이 방금 느낀 감정을 나누고 싶다. 하지만 휴대전화를 켜서 연락처를 뒤져봐도 이를 들어줄 사람은 보이지 않는다. 친구에게 이 감정을 공유하려면 책의 내용을 설명하는 것부터 시작해야 한다. 하지만 설명하는 것도 마음처럼 쉽지 않다. 이 묘사를, 이 상황을, 이 대사를, 이 작가의 성향을 친구는 모른다. 당신은 답답할 따름이다.

우리는 많은 이들을 만나며 스몰 토크를 한다. OTT 서비스에서 본 드라마 이야기, 영화 이야기, 사회적인 이슈들…. 하지만 책을 주제로 스몰 토크를 나눌 사람을 찾는 것은 매우 어렵다. 스몰 토크를 하기 위해선 '내가 어떤 책을 읽었는데…'라는 말을 꺼내야 하는데, 일단 이 대사부터 목에 걸린다. 그동안 독서를 취미라고 했을 때 쏟아지던 시선들이 생각난다. '네가 책을?'이라는 반응, 고리타분하고 지루한 사람일 것이라는 편견, 똑똑한 척 할 것이라는 시선들. 그래서 우리에겐 독서 모임이 필요하다. 독서 모임에는 당신이 원하는 대화상대가 있다. 내가 좋아하는 작가를 나눌 사람. 같은 책을 읽고 대화를 나눌 사람.

GWANGJU WOMEN'S BOOKCLUB

GWANGJU WOMEN'S BOOKCLUB

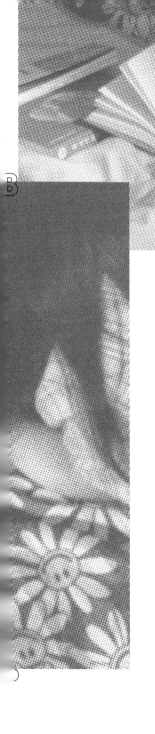

독서 모임을 시작하면서 가장 놀라웠던 점은, 분명 책을 매개체로 만난 사람들인데 생각이나 취향이 매우 비슷하다는 점이다. 서로 읽는 책은 달라도, 대화를 나누면 귀결되는 이야기는 비슷했다. 직장은 달라도 가지고 있는 취미가 비슷했다. 성격은 달라도 하고 싶어 하는 것들이 비슷했다. 때문에 우리는 독서 모임으로 만났지만 그 외에 많은 활동들을 함께 했다. 와인을 마시기도 하고, 글을 써보기도 하고, 혼자 읽기 어려웠던 벽돌책을 읽기도 했으며, 문화생활을 즐기기도 했다. 우리는 서로의 영감이 되어주었다. 서로의 소소한 습관을 듣다 보면 저절로 동기부여가 됐다.

많은 이들이 독서 모임에 참여하고 싶어 하면서도 다양한 이유로 도전하기를 주저한다. 참여한 모임의 성격이 자신과 다를 것에 대한 걱정, 수준이 너무 높을 것 같다는 걱정, 새로운 사람을 만나는 것에 대한 걱정, 우리는 그런 이들을 위해 이 책을 만들었다. 독서 모임에 참여해 본 적 있는 사람에게는 공감, 독서 모임을 만들고 싶은 사람에겐 영감, 참여를 망설이는 사람에게는 용기가 되고 싶다. 그리고 우리는 여러분의 모임 구성원이 되어주고 싶다.

이 책을 읽으면 당장이라도 독서 모임을 찾아 가입하고 싶은 마음이 들 것이다. 얼른 휴대전화를 켜고 독서 모임을 검색해 보자! 책에 대한 스몰 토크를 마음껏 나눌 수 있는 당신만의 도그이어를 만나게 될지 모른다.

01

독서와 모임

내가 미쳤다고
독서 모임을 만들어서

"우리 구름 사진 하나만 찍고 시작하면 안 돼요?"

양해를 구한 그는 창문가에 붙어 한참이나 뭉게구름을 관찰했다.

구름이 유독 주황빛으로 빛나던 오후였다.

"여름에는 구름이 참 예쁜 것 같아요." 그렇게 말하는 목소리는 묘하게 들떠 있였다.

인터뷰의 주인공은 광주여성독서 모임 〈도그이어〉의 모임장 '나무'다.

그가 발전시키고 지켜낸 5년의 세월에는

우리의 생각보다도 더 큰 가치가 깃들어 있었다.

글 : 용과

자기소개 부탁드립니다.
안녕하세요! 저는 광주에서 5년째 독서 모임을 운영하고 있는 '나무'라고 합니다. 아, 뭐라고 해야 돼요? 무슨 면접 자리도 아니고. (웃음)

편하게 하셔도 돼요.
이게 은근히 떨리네요. 노력해 볼게요.

**초창기의 〈도그이어〉는
어떤 모습이었나요?**
처음에는 네 명으로 시작했어요. 다른 독서 모임에서 함께 활동했던 몇몇 사람들이 그곳을 나와 지금의 〈도그이어〉를 만든 거죠. 처음에는 아무런 정보가 없었던지라 스스로 이름을 짓고, 지원 사업에 응모하고, 어떻게 운영할지 회의를 했어요.

**그때는 초창기 멤버 모두가 운영자이자
직접 참여하는 회원이었겠네요.**
네, 맞아요.

**여성 독서 모임을 만들어야겠다고 결심한
계기가 따로 있나요? 사실 기존에 만들어
진 모임들도 많잖아요.**
제가 개인적인 이유로 광주에서 살게 됐는데, 마침 취미가 독서였거든요. 그러니까 이 지역 친구도 만들 겸, 책 이야기를 나눌 사람을 찾고 있었어요. 처음에는 여남 혼성인 독서 모임을 들어갔어요. 그런데 남성 회원이 많다 보니 발제하는 책의 종류가 대부분 경제서, 자기개발서, 투자서인

거예요. 또 한창 조남주 작가의 소설 『82년생 김지영』이 대두되었을 때인데, 당시 남성 회원들과의 의견 불합치가 커서 답답함이 있었어요. 그렇게 여성 독서 모임을 찾아 들어갔죠. 그런데 그곳은 독서 활동보다도 친목 위주의 모임이었어요. 결정적으로 그곳을 나오게 된 계기는 평등함이 부족했기 때문이에요. 그들은 회원을 기혼 여성이라고 배제했고, 경제 활동을 하는 직장인이 아니라고 배제했어요. 배제 사유조차 무척 마음에 안 들었어요. 그리고 한 가지 책을 읽고 여럿이 이야기를 나누는 시간이 없었고요. 저는 공통 저서로 다양한 의견을 교환하는 것에 목말랐거든요. 그런데 제가 그 모임의 운영자도 스태프도 아니니까, 건의했을 때 받아들여지지 않는 분위기가 있었어요. 그래서 그곳 회원님들 중 마음이 맞는 분들과 따로 나와 새로 만들게 되었어요.

2020.03.14. 첫번째 모임

매달 한 명씩 돌아가며 지정 도서를 정하고, 발제문을 만들어 오는 〈달장 시스템〉을 구축하게 된 것 또한 이전의 독서 모임을 반면교사 삼은 건가요?

꼭 그런 것만은 아니에요. 처음에는 지정 도서를 읽고 대화하는 자리가 있었으면 좋겠다 싶었는데, 운영진들만 도서를 선정하면 한정적으로 진행될 것 같았어요. 그렇다고 어떤 책으로 할 것인지 투표를 받는다? 절차가 너무 복잡할 것 같더라고요. 우리 독서 모임의 목표 중 하나가 '독서 편식 개선'이거든요. 그러니까 회원마다 돌아가며 달장을 맡으면 좋겠다는 생각이 들었어요. 각자 좋아하는 책이 있고, 공유하고 싶은 책이 있을 테니까요. 또, 여러 사람 앞에 나서서 무언가를 주도해 본 적 없는 분들께 경험를 드리고도 싶었어요.

여성들은 다수 앞에서 발표할 기회가 많지 않으니까요?

맞아요. 과거에 한 회원님께서 '남들 앞에서 발표하는 것이 어렵다'고 하셨어요. 그 이야기를 듣고 이런 경험을 한 번쯤 해 보면 어떨까 싶었죠. 사실 우리 모두 사람 많은 곳에 나설 기회가 드물잖아요? 학교나 직장에서 수동적으로, 소극적으로 생활하게 되니까요. 그렇기에 주도적으로 모임을 이끄는 경험을 해 보셨으면 하는 마음이 컸고, 그 과정을 통해 내가 이 모임의 일원이 아닌 주인이라는 의식을 지니셨으면 했어요. 말하자면 책임감 부여죠.

달장 제도에 대한 걱정은 없으셨나요? 예를 들어서 '아, 나 그냥 안 할래. 못 하겠어' 하고 잠적을 한다거나, 성심성의를 다하지 않는 경우가 있을 수 있잖아요.

어쩌면 무책임한 결과가 발생할 수도 있겠다 조금은 걱정했는데, 대놓고 아예 못 하겠다는 사람이 있을 것으로 생각하지는 않았어요. 다들 본인이 원해서 독서 모임에 들어온 거고, 가입할 때 제도나 운영 방식에 대해 미리 말씀을 드리거든요. 그리고 뭐, 성인 여성들이니까 크게 걱정이 없었어요.

실제로 후기를 안 올리고 떠나신 분들도 있다고 들었는데요.

그렇지만 그분들께 실망감을 느낀다거나, 화가 난다거나 하지는 않아요. '음, 나갈 사람이 나갔다', 이런 느낌이에요. 그래서 가입 당시 소정의 가입비를 걷는 거죠. 보이지 않는 약속처럼요.

〈도그이어〉 내부의 흔들림은 없었나요?

고비야 물론 있었죠. 제가 직장 일로 바쁘거나, 개인 사정으로 인해 시간이 없을 때에는 관리에 소홀했거든요. 회원들을 살피지 못해 흔들림이 찾아왔었어요. 한창 사람들이 들어오고 나가는 과도기에 흔들림이 가장 심했어요.

〈도그이어〉를 운영하며 나름의 고충이 있었을 것 같은데요. 어떤 부분이 가장 힘들었나요?

자발적 참여가 없는 분들을 대할 때가 힘들었네요. 모임에 관한 참여 투표를 안 하신다든가, 오랜 기간 책을 안 읽으신다든가, 모임에 자주 나오지 않는다든가. 그런 분들을 보면 사기가 저하되죠. 나는 취미 모임의 운영자일 뿐이지 이들의 선생님은 아닌데, 일일이 성인들을 어르고 재촉하면서 해야 하나? (웃음)

그러고 보니 일절 수익 없이 혼자만의 열정으로 모임을 유지하시는 거잖아요. 그게 너무 대단하다고 생각되는데, 본인도 그렇게 생각하실 때가 있죠? 나 정말 대단하다.
대단하다는 아니고, 바보 같다고 생각할 때가 있어요. '돈도 안 되는데 왜 이렇게까지 진심으로 하고 있지?' 첫째, 내가 책을 정말 좋아하기 때문에. 둘째, 좋은 사람들을 만났기 때문에. 이게 저의 원동력이에요. 만약 저 스스로 책을 별로 안 좋아했거나, 의지할 수 있는 회원분들을 못 만났더라면 이 모임을 해체시켰을 거예요. 회원들을 만나면서 책 이야기를 하는 것도 물론 좋지만, 가장 좋은 점은 서로의 고민을 나눈다든가 고충이 있을 때 어떻게 해결할지 묻는다든가 하는 거예요. 거기에서 힘을 많이 받아요.

처음에는 네 명으로 시작해서 이제는 스무 명이 훌쩍 넘는 인원이 활동 중인 걸로 알고 있어요. 몸집을 불리기 전까지 어떤 방식으로 홍보하셨어요? 대기 인원도 상당하던데요.

처음에는 양림동에 있는 독립 서점 〈러브앤프리〉에 부탁을 드렸어요. 여성 독서 모임을 신설했는데, 괜찮으시면 홍보를 해 달라. 그리고… 저도 모르겠어요! 딱히 홍보를 한 것 같지는 않거든요? 그냥 시기가 좋았다? 당시 광주에 〈도그이어〉를 제외하고 여성 독서 모임이 없었을걸요.

그냥 운 좋게 됐다?
네. 그만큼 독서하는 여성분들이 만남과 소속을 갈구하셨다는 거죠.

양림동 독립서점 〈러브앤프리〉

『독서모임 꾸리는 법』 원하나

2024년 기준으로 4주년을 맞이했잖아요. 어떻게 포기하지 않고 이 집단을 이끌어오셨어요?
제가 ENTJ라서 그런지, (웃음) 어디 가서 이렇게 모임을 주도하고 끌어가는 걸 하고 싶었나 봐요. 무엇보다 그만두고 싶어 할 때마다 몇몇 회원분들께서 '안 된다, 계속 유지해야 한다'고 설득을 하셨고요. 사실 회원들을 잘 만났죠. 힘들어서 관리를 등한시해도 알아서 독서 모임을 진행해 주시니까, 그렇게 유지가 됐어요. 매 순간 적극적으로 관리하지 않더라도 어느 정도 체계가 잡혀 있으니 알아서 잘 따라 주시더라고요.

그 체계를 만들며 어디에서 도움을 많이 받으셨나요?
〈도그이어〉를 처음 개설할 때, 마침 '유유출판사'의 『독서모임 꾸리는 법』이라는 책을 읽게 됐어요. 매우 얇은 책인데, 이걸 읽은 게 도움이 많이 됐어요. 모임 구성에 관한 조언이 여럿 나오거든요.

현재 〈도그이어〉는 닉네임으로 서로를 호명하고 있어요. 이러한 익명 제도를 유지하게 된 것도 책 속의 팁인가요?
아니요, 그건 제 아이디어예요. 고민이 있을 때 가까운 사람보다도 나를 잘 모르는 사람에게 털어놓는 게 더욱 편할 때가 있잖아요. 그러한 익명성을 좀 지켜 주고 싶었달까? 닉네임으로 서로를 지칭하는 제도를 고안해 낸 이유예요. 책이라는 것은 가치관이 훤히 드러나기 쉬운 매개체라고 생각하거든요. 그래서 이름을 몰라야 더욱 솔직한 이야기가 나올 것이라 예상했어요. 특히 여성이라는 특징 때문에 익명성을 강조하고 싶은 점도 있었고요.

매달 읽은 책을 댓글로 작성하는 '독서 결산'이나, 처음 가입했을 때 작성하는 '가입 인사'에는 어떤 의도가 담겨 있나요?
가입 인사는 간단해요. 그분이 처음 독서 모임에 왔을 때 아무 정보도 모르는 상태잖아요. 그러니까 가입 인사를 보고 대화를 걸어요. '이 책을 좋아한다고 써 주셨네요', '이런 장르는 기피하시네요' 같은. 그러면 대화가 편히 진행되더라고요. 독서 결산 같은 경우는 제 욕심에서 비롯됐어요. 저는 다른 사람들이 무슨 책을 보는지 너무 궁금하고, 항상 알고 싶어 하거든요. 도대체 이분들은 어떤 책을 읽고 있나? 왜냐하면 〈도그이어〉는 한 달에 두 번만 모임을 갖잖아요. 그런데 회원들은 분명 두 권 이상의 독서를 하실 거란 말이죠? 저는 그것까지 세세하게 듣고 싶었어요.

사람을 정말 좋아하시네요.
저만 그런 게 아니라, 다른 분들도 마찬가지일 거예요. '저 사람은 무슨 책을 읽고 있을까? 왜 읽었을까?' 궁금하지만, 묻기 어렵죠. 그래서 카카오톡 오픈 채팅방의 닉네임에 현재 읽고 있는 책 제목을 표기하게 만든 것도 있어요. (ex. 나무/책_제목)

좀 일반적인 질문도 해 볼까요? 뿌듯했던 순간이 있다면?
회원님들이 밖에서 하지 못하는 이야기들을 이곳에서는 꺼낼 수 있다고 하실 때. 그게 가장 뿌듯해요. 밖에서는 가치관이 드러나기 때문에, 혹은 배척받기 때문에 말하지 못하는 것들을 〈도그이어〉에 와서, 해우소처럼 풀어갈 수 있다는 게 정말 뿌듯하죠.

2019년에 COVID19가 전 세계를 강타했잖아요. 당연히 〈도그이어〉도 영향이 있을 거라 생각했거든요. 코로나 시절의 독서 모임은 어떻게 진행되었나요?
인원 제한이 있던 때니까 ZOOM 미팅을 통해 만났어요. 네 명 이하면 오프라인으로 진행했지만, 다들 오고 싶어 하셨으니 대부분 온라인으로 만나야 했어요. 그때가 정말 위기였던 것 같아요. 회원들의 의욕이 떨어지는 게 실시간으로 보이더라고요. 그런데 제가 앞서 말했듯, 회원님들을 잘 만났다고 했잖아요. 탈퇴하실 수도 있겠다 생각했는데 자리를 지키시더라고요. 오프라인 모임을 한번 맛보셨잖아요. 대면 모임에 대한 살증이 있기 때문에 안 나가신 것 같아요. 그런데 온라인 미팅으로 만나서 하는 대화에는 한계가 있으니 그게 조금 힘들었어요.

해프닝은 없었나요?
코로나 초반이었어요. 한 회원분께서 ZOOM 프로그램이 안 된다고 하시는 거예요. 아무래도 처음 쓰다 보니 낯설고 어려웠던 거죠. 딱 독서 모임 할 시간이었는데, 안 된다고 하시니 어떡해요. 결국 카카오톡으로 모임을 진행했거든요. 말풍선이 겹치지 않게 조심조심. 그 카톡 창을 캡처해서 인스타그램에 기록으로 남겼죠. 재미있었어요.

나무 님이 느끼기에 초반의 〈도그이어〉와 지금의 〈도그이어〉를 비교해서 무슨 차이가 있다고 생각하세요?

일단은 인원이 늘었다, 규모가 커졌다. 광주 독서 모임 하면 조금은 알아주는 것도 같아요. 팔로워도 많아졌고, 대기자도 많아졌고, 나름 인기가 많아졌어요. 많아졌나? 뭐가 달라졌을까? 아, 재미있는 대답 좀 하고 싶은데. 누가 읽다가 '픕!' 하고 웃을 만한.

그는 시종일관 독자들에게 웃음을 주고 싶어 했다. 인터뷰에 대한 부담감 중 절반은 '어떻게 해야 웃긴 대답을 할 수 있을까'였다. 이토록 명랑한 성격을 가진 그의 학창 시절이 궁금해졌다.

카카오톡으로 진행한 비대면 독서 모임 中

중고교 시절에 어떤 학생이었어요? 진짜 궁금해요.

고등학생 때는 학생회를 했어요. 노는 걸 엄청나게 좋아해서 반에 나랑 안 친한 친구가 없어야 했어요. 그래서 시끄러운 친구들과 조용한 친구들 사이 어디든 늘 제가 있었어요. 모두와 가까웠어요. 심지어 선생님들과도요.

그때부터 성격이 좀 보였네요.

수업 듣다 보면 애들이 꾸벅꾸벅 졸잖아요. 그러면 선생님께서 "나무 나와" 하고 저를 부르세요. 제가 컬투쇼에 나온 웃긴 사연들을 남몰래 적어 놓았거든요. 칠판 앞에 서서 그 메모를 꺼내 가지고 재미있는 이야기를 시작하면 애들이 다 웃어요. 그래서 항상 친구들이 제 메모장을 궁금해했어요. 저는 그런 애였어요. 레크리에이션 강사가 꿈인 적도 있었고요.

'리더감'이라는 말 많이 들었겠어요.

그래서 리더의 자질에 대해 몇 번 생각해 봤거든요. 무조건 수평적인 게 중요한 듯해요. 나만 도드라지고 주인공일 수 없어요. 그렇게 행동하면 모임도 집단도 오래가지 못할 거예요. 모두에게 마이크를 주고 말할 기회를 줘야 한다고 생각해요. 그래서 달장도 만든 거고요. 수평적인 관계에서는 사람들이 아이디어를 던지기 쉽잖아요. 그로 인해 발전적인 생각도 나오고, 창의성도 발휘되고. 리더가 된다면 그런 사람이 되고 싶어요.

끝없이 새로운 사람을 만나야 할 텐데, 피로감을 느끼지는 않으세요?

사회에서의 만남이라면 피곤할 수 있겠지만, 독서 모임 안에서 만나는 건 나와 농도가 비슷한 사람이기에 크게 힘들지 않아요. 어느 정도 믿음이 있는 거죠, 서로 맞을 거라는.

맞지 않는 사람을 구성원으로 받아들였을 때는요?

모임 때만 만나면 되니까 괜찮아요. 그리고 그런 사람에게도 배울 점이 분명히 존재하거든요. 여태껏 그렇게까지 싫었던 사람이 없기도 했지만요. 저는 독서하는 사람에게는 배울 게 있다고 생각해요. 우리의 결이 달라도, 밀도가 맞지 않아도 무언가 보고 따를 점이 있겠거니.

어떤 분들에게 독서 모임을 추천하고 싶으세요?

그냥 간단히, 독서 후 책에 대해 이야기 나

누고 싶은 사람. 단순한 목적이 가장 올바른 목적이에요. 책을 좋아해. 책을 읽었어. 그런데 이야기 나눌 사람이 없어. 그렇다면 독서 모임에 들어와야죠. 다만, 타인의 의견을 받아들일 수 있도록 본인 생각을 조금 비워 놓는 것이 중요한 것 같아요. 노자의 명언 중에, '그릇이 비어 있어야만 쓰임이 있게 되고, 방이 비어 있어야만 기능을 하게 된다'는 말이 있거든요. 그처럼 자신을 조금 비운 채 남은 부분을 채우려는 마음을 가지고 와야 한다 여겨요. 타인을 수용할 만한 여유 공간이 중요해요.

이러한 여성 독서 모임을 각 지역에 개설하고 싶은 분들이 있잖아요. 이런 분들을 위한 팁이 있을까요?

타깃층이 뚜렷했으면 좋겠어요. 무조건 책을 좋아하는 사람들이 아니라, 〈책을 좋아하는 40대 여성들의 독서 모임〉. 혹은 〈초등학교 선생님들의 독서 모임〉 이런 식으로 타깃이 구체적이고 명확해야 그 모임이

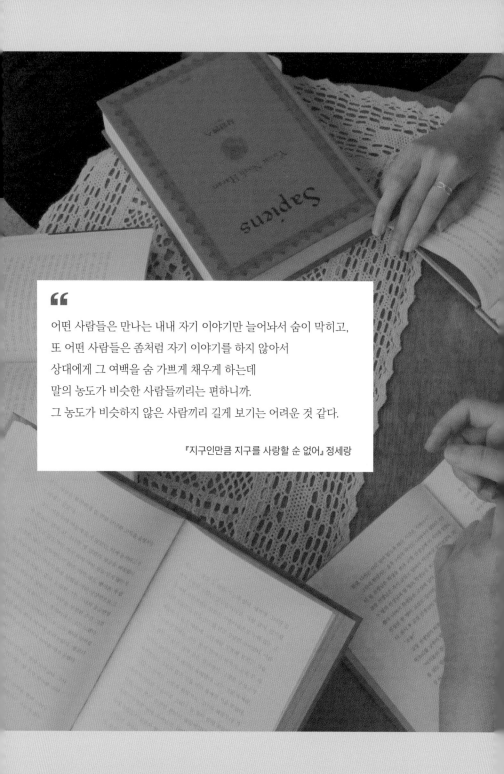

어떤 사람들은 만나는 내내 자기 이야기만 늘어놔서 숨이 막히고,
또 어떤 사람들은 좀처럼 자기 이야기를 하지 않아서
상대에게 그 여백을 숨 가쁘게 채우게 하는데
말의 농도가 비슷한 사람들끼리는 편하니까.
그 농도가 비슷하지 않은 사람끼리 길게 보기는 어려운 것 같다.

『지구인만큼 지구를 사랑할 순 없어』정세랑

오래가요. 공통점도 있으니 유대감도 금방 생기고요.

〈도그이어〉 운영하면서 도전해 보고 싶은 게 있다면?
타 지역 여성 독서 모임과 접촉해서 독서 모임 진행하기. 그분들과 지역은 달라도 20, 30대 책 읽는 여성이라는 접점이 있잖아요. 저는 잘 모르는 사람들끼리 만났을 때 창의적인 사고가 이루어진다고 생각하거든요. 세상을 살아가며 만날 일이 전혀 없는 사람들과 인연이 생겼을 때, 그게 삶을 살아가는 힘이 돼요. 어디서든 한번 연락 주셨으면 좋겠어요.

이제까지 읽었던 책 중에 딱 한 권만 챙겨서 우주선에 탈 수 있대요. 그 한 권만 가지고 평생을 읽고, 감상하고, 분석해야 하는 거죠.
진짜 어렵다. 한 권의 책? 평생 읽어도 재미있을 것 같은 책? 저는 『그리스로마신화』 한 권짜리 벽돌 책이 떠올랐어요. 거기에 역사도 있고, 철학도 있고, 삶도 있고. 게다가 해석의 여지까지 다양해 적절한 것 같아요. 사실 법정 스님의 『무소유』를 생각했는데, 무소유라면 우주를 안 가야 되잖아요.

하하하, 진짜 어이없네요.
아니, 그렇잖아요. 『무소유』를 가지고 풀소유인 우주선에 올라탄다는 것 자체가 너무 웃기지 않아요? 지구에 남아야지.

마지막으로 우리 〈도그이어〉 회원들에게 해 주고 싶은 한마디?
한 명, 한 명이 다 저의 랜덤 박스예요. 너무 궁금해. 저 사람 안에 뭐가 들어 있는지 정말 궁금해요. 독서 모임 오는 사람들이 좋아요. 그들이 무슨 책을 읽는지, 책장에는 무엇이 꽂혀 있는지, 필기구는 뭘 쓰는지, 어떤 문장을 기록하는지. 우리는 인복이 좋은 사람들이에요. 그러니까 서로 아꼈으면 좋겠어요. 그리고 참석 여부 투표를 잘하자. 이상입니다. (웃음)

기록의 장소 다음카페

cafe

모임 후 많은 것들이 남는다. 턱관절 통증, 허기짐, 귀에서 나는 피….
하지만 반드시 남겨야 하는 것은 모임 후기.
과거 독서 모임을 궁금해하는 미래인들을 위해 오늘도 기록한다.

dog-ear

1. 책장 모서리의 접힌 부분
2. <책장의> 모서리를 접다

글 : 루스

    볕이 좋은 어느 토요일 오후, 여성들이 한 데 모여 고개를 끄덕이거나 가로
저으며 서로의 의견을 주고 받고 있다. 개중에는 말하는 이를 향해 유난히
몸을 기울이고 경청하며 손을 바쁘게 움직여 기록하는 한 사람이 있다. 여
기는 광주, 여성, 독서 모임, 도그이어의 정기 모임 현장이다. 매번 다르지만
모임은 약 3시간 가량 진행되며 그 시간 속에는 모임 구성원 각자의 가치관
과 그에 따른 관점이 압축되어 있다. 이를 차곡차곡 정리하여 기록하는 것
이 그 달의 장, 달장의 역할이다.

dog-ear

모임이 끝나면 많은 것이 남는다. 다양한 배경을 가지고 다른 환경 속에서 살고 있지만 '여성' 그리고 '책'이라는 교집합을 가진 이들이 마음껏 자신을 드러내는 자리. 마음은 더할 나위 없이 양질의 인풋으로 과포화 상태이지만 창자는 허기짐을 토로하고 턱은 얼얼, 얼굴은 화끈하다. 하지만 인간은 망각의 동물이다. 이 열기가 가시기 전에 기록해야 한다. 성대의 진동을 타고 공기를 통해 전달된 목소리들이 허공에 흩날려 사라지지 않도록 활자로 꽉 잡아둔다.

왜 기록하는가? 이유는 단순하다. 우리가 거쳐온 시간을 보존하기 위함이다. '기록한다는 것은 조수간만처럼 끊임없이 침식해 들어오는 인생의 무의미에 맞서는 일'이라고 김영하 작가는 말했다. 시간이 흐를수록 기억은 마모되고 흐려지기 마련이다. 하지만 기록된 시간 속의 말들은 풍화되지 않는다. 후기에는 책에서 뻗어 나온 수많은 가지, 발제문 그리고 구성원의 의견, 해당 책과 관련된 추천 도서와 영화, 심지어는 시시콜콜한 농담까지 모두 담겨 있다. 이 기록을 공유함으로써 참여자뿐만 아니라 참석하지 못한 이들, 그리고 미래의 구성원까지 그날의 조명, 온도, 습도…. 를 간접경험 할 수 있다.

〈도그이어〉는 정기 모임뿐만 아니라 와인, 계절나기, 등산 등 파생된 모임에 대해서도 기록하고 있다. 우리의 시간을 살짝 들여다보고 싶다면 다음카페 〈도그이어〉를 방문해보라. 우리는 오늘도 망각의 축복에 잠식되지 않도록 힘껏 발버둥 치고 있다.

https://cafe.daum.net/Dog-ear

내가 당신에게

독서 모임을 권하지 않는 이유

나는 스무 살부터 스물여섯 살까지 서울에서 혼자 살다 고향 광주로 돌아왔다. 이 말은 내가 본격적으로 사회에 나가 친해진 사람들 대부분이 서울에 있다는 뜻이다. 거기다 어린 시절 친구들과는 관심사와 가치관이 달라지며 서로 소홀해진 상태였다. 그마저 남은 친구들도 생계를 이유로 하나둘 타지 생활을 하기 시작한 상태였으니, 혼자 있는 걸 상당히 좋아하는 사람인데도 사람이 그리웠다.

내가 서울에 살며 터득한 지인 사귀는 방법은 이렇다. 돈이 없다면 알바나 대외 활동을 하고, 돈이 있다면 학원에 가고, 이도 저도 싫다면 종교단체에 가는 것이다. 광주에서도 해보았다. 그 과정이 궁금한 사람은 아마 없을 테니 결론만 말하자면, 나는 사람이 고픈 와중에도 사람을 더럽게 가리는 사치스러운 인간이라는 깨달음이 남았다. 몇 번의 실패 이후로는 동아리와 소모임을 찾아다니기 시작했다. 인스타그램이나 카페 등에서 꾸준히 활동한 기록을 볼 수 있는 모임을 찾았다.

…그렇게 2년하고도 6개월이 지났다. 나는 지금 독서 모임에 대한 글을 쓰고 있다. 글에서 느껴졌을지 모르겠으나 필자는 매우 까다로운 구석이 있고 싫은 일은 잘 참지 않는다. 이런 까탈스러운 사람이 독서 모임을 지속할 수 있는 이유가 궁금하지 않은가? 조금은 궁금해졌다면 좋겠다.

사람은 의외로 혹은 당연하게도 생판 남 앞에서 더 자유로워질 수 있다는 사실을 아는가? 독서 모임에서는 가까운 사람들이 상처받을까 봐 직접 전하지 못한 말, 원만한 사회생활을 위해 참은 말이나 뾰족하고 솔직한 나를 드러내도 괜찮다.

이 모임은 가까운 모임이 아니기 때문이다. 상대의 가시는 나에게 닿지 않고 내 가시 역시 마찬가지다. (이건 아닐 수도 있겠다.) 자존심 때문에 친구에게는 할 수 없는 말도 모임에서는 할 수 있다. 어느 정도 비슷한 감성을 공유하는 사람들이 모인 곳이라는 걸 알기 때문이기도 하지만, 이 역시 매일 보는 사람들이 아니기 때문에 가능한 일이다. 나는 이 거리감을 사랑한다.

다른 학교, 다른 관심사, 다른 직업, 다른 인생과 시각을 가진 사람들의 이야기를 듣는 것도 재밌다. 다른 사람의 삶을 공유받는 것은 더 넓은 시야를 갖게 한다. 그리고 이전이라면 하지 않았을 것들을 하게 만든다. 모임에 다니며 어디를 가든지 다이어리를 들고 다니게 되었고, 필사를 시작했다. 와인을 본격적으로 마시는 법을 알게 됐고 소홀하던 수영을 다시 등록했다. 그저 무료함과 외로움을 달래기 위해 모임을 다녔을 뿐인데 말이다!

　모두가 사람을 만나고 싶어 자발적으로 참여하는 모임인 만큼 호의적이라는 것 역시 빼놓을 수 없는 장점이다. 나는 당신에게 호의를 가지고 있고 당신 역시 마찬가지임을 아는 사람과의 만남이 주는 안정감과 따뜻한 기분을 느껴봤다면 이해할 수 있을 것이다.

　여기까지 읽고, 그렇다면 그냥 모임이면 무엇이든 상관없는 것 아닌가 하고 반문할 수도 있을 것이다. 그래서 지금부터는 왜 하필 '독서' 모임인지에 대해 말해볼까 한다. 우선 독서 모임을 다니면 책을 읽어야 한다. 허무한 말이지만 빼놓을 수 없는 이유다. 모임에는 원래 독서가 취미인 회원도 많지만, 독서와 가까워지고 싶어 가입한 회원도 많다. 나 역시 그렇다.

　우리 모임은 한 달에 한 번은 같은 책을 읽고 이야기를 하는데, 모두가 돌아가며 책을 선정하기 때문에 자연스럽게 평소에 읽지 않는 책도 보게 된다. 소설만 보던 사람이 과학서와 사회정치서를 보게 된다. 지식 습득을 위해 책을 보던 사람이 사람의 이야기를 보게 된다.

　같은 책을 봤는데도 더 넓고 깊은 시각에서 독서를 한 사람을 만날 수도 있다. 이는 큰 행운이다. 나보다 뛰어난 사람의 지혜를 직접 흡수할 기회가 아닌가? 독서로 타인의 삶을 느끼고 독서 모임으로 타인의 생각을 이해할 수 있게 된다. 구덩이를 깊게 파기 위해서는 우선 넓게 파야 한다. 그래야만 깊게 들어갈 수 있다. 다양한 시각은 나를 더 깊게 만든다.

모두가 돌아가며 책을 고르고 모임을 주도하기 때문에 자율성을 느낄 수 있다는 점도 빼놓을 수 없다. 이 자율감, 스스로가 무언가를 주도할 수 있다는 감각에서 오는 만족감을 모두 느껴보면 좋겠다. 이는 일상에서 쉬이 느낄 수 없는 감각이다. 물론 어떤 사람에게 이런 일은 부담으로 다가갈 것이다. 하지만 이런 활동을 피하지 않고 마주한다면 보상으로 엄청난 뿌듯함과 효능감이 당신의 품에 안길 것이다.

궁금한뇌연구소의 대표, 한양대학교 전임교수 장동선 박사는 행복하기 위해 인간에게 필요한 것에는 스스로 선택하고 결정하며 느끼는 자율성, 더 나은 존재로 발전해 나간다는 성취감, 타인이 나를 인정해 주는 데에서 오는 연결감이 있다고 했다. 독서 모임에서 모임을 주도하고, 배우고, 호의 섞인 말과 인사를 들으면서 이 모든 것을 느낄 수 있는데 어찌 모임에 애정을 갖지 않을 수 있겠는가?

마지막으로 제목에 관해 이야기해 볼까 한다. 사실 사람들에게 독서 모임을 그렇게 권하고 싶지 않았다. 이 좋은 걸 아는 사람들만 알면 좋겠다는 마음이 있기 때문이다. 하지만 하나하나 꼽아보니 이렇게 좋은 건 다들 알 필요가 있겠다는 생각이 든다. 그래서 이 글을 썼다. 나는 여전히 당신에게 모임을 권하지는 않는다. 이는 당신의 자발성에 달렸기 때문이다. 단지 당신이 독서 모임을 하지 않는 사람이라면 호기심을, 독서 모임을 이미 하는 사람이라면 공감을 가지길 바란다.

독서 모임에 참여하는
초심자의 마음

글 : 깨단, 바름

03:07

< 13   도그이어_깨단님   🔍 ☰

도그이어_깨단님

바름님 안녕하세요ㅎㅎ 도그이어에 가입한 지 이제 겨우 한 달이 지난 찐 독서 모임 초심자 깨단입니다. 독서 모임 가입을 망설이고 있을 저와 같은 예비 회원님들의 마음을 대변하여 현실적인 궁금증을 해소하고 모임 가입에 앞서 가졌던 사소한 걱정도 함께 나누고 싶어 대화를 신청합니다!

안녕하세요 깨단님!
저도 나름대로 6개월이 지나서 오래됐구나 했는데 깨단님 다음으로는 제가 초심자라니 신기하네요. 저는 겁도 많고 조심성이 많아서 저와 같은 성향을 가진 독서 모임 초심자 분들께 깨단님과의 대화가 도움이 되었으면 좋겠네요!

> "
>
> **공감하고 싶은데**
> **주변에 독서를 즐기는 친구들이 없어서**
> **저와 공통분모를 가진 사람들을 만나고자**
> **독서 모임을 찾게 됐어요.**

깨단 평소 혼자 독서를 하다 너무 재밌거나 공감되는 문장을 만나면 좋아하는 사람들과 나누고도 싶고, 서로 공감하며 호들갑도 떨고 싶은데 주변에 독서를 즐기는 친구들이 없어서 저와 공통분모를 가진 사람들을 만나고자 독서 모임을 찾게 됐어요.

바름님은 어떤 계기로 도그이어에 가입하게 되셨는지 궁금합니다!

바름 저는 원래 중학생 때부터 독서부, 독서 토론과 같은 곳에 다양하게 참여하였어요. 그래서인지 저에게는 책을 읽고 타인과 소통하는 행위들이 큰 재미를 가져다주더라고요. 하지만 이런 경험들은 성인이 되니 점점 줄어들고, 주변에는 책을 읽는 사람도 드물더라고요. 깨단님과 동일한 이유로 독서라는 취미 생활에서는 공통 분모를 찾기 어려우니까요! 그래서 독서 모임에 들어가 볼까 탐색하다가, 이왕이면 여성들로만 구성되어 있고, 체계적인 모임 체제가 잡힌 곳으로 들어가고 싶어 도그이어의 문을 두드리게 되었습니다.

깨단 오…. 맞아요. 저도 가입 전에 도그이어 인스타그램 계정을 보고 독서도 좋지만 독서 외의 다양한 활동도 많이 하는 것 같아서 그 방향성이 마음에 들더라고요!

독서 모임에 가입하기 전 사람들이 망설이는 이유는 뭐가 있을까요? 저는 제 독서력이나 독서 지식이 모자라 기존 회원들과의 격차가 있으면 어쩌나, 나는 비문학을 거의 읽지 않는데 재미가 없으면 어쩌나, 독서 모임 활동으로 인해 나 혼자 재밌게 읽었던 독서가 숙제처럼 느껴지면 어쩌나, 이런 이유에 망설였던 것 같아요. 회비는 얼마일지, 매달 지정도서는 개인적으로 구입해야 하는지, 중간에 활동이 어려워지면 탈퇴 후 재가입도 가능한지 이러한 현실적인 궁금증과 함께요 ㅎㅎ

바름 약간 현실적인 요소들이 있는 것으로 보아 깨단님 역시 대문자 T 시군요 ㅋㅋㅋ! 저는 도그이어 인스타그램에서 와인 모임과, 작가 초청 강연을 보면서 '여기는 유대감이 깊을 것 같다'고 생각했어요. 책을 읽는 것에 대한 생각의 다양성은 당연히 보장받을 수 있을 것 같기 때문에 깨단님이 걱정하신 '지식적 격차'보다는 '유대감의 격차'가 가장 먼저 걱정되었어요. '나 빼고 다 친하면 어쩌지? 겉도는 거 아니겠지'라는 생각이요. 하지만 막상 가입하고 나니 모두 잘 챙겨주시고 신입일수록 의견도 많이 물어봐 주셔서 자연스럽게 스며들 수 있었어요. 사실 깨단님 첫 모임 때 제 몸의 방향은 깨단님을 향해 있었습니다. '혼자 걱정이 많으시면 어쩌지, 닉네임도 다 못 외우셨을 텐데….'하면서요. 재정이나, 활동 여부에 따른 궁금증에 대해서는 저는 공지 사항을 따르는 편이랍니다. '이렇게 정한데는 이유가 있겠지'하고요!

깨단 이 대화 뭐죠? 저 갑자기 눈물 날 것 같아요ㅠㅠ 독서 모임 초심자 여러분 이것 보세요ㅠㅠㅠ!!!! 세상 사람들 여기 좀 보세요!!!!!!!!!!! 저는 재정이나 활동 방안 같은 저를 주체로 한 고민을 하고 있을 때 반대로 제 유대감까지 챙겨주시다니 요…. T도 울려버리는 바름님은 파워 F시군요!!

모임마다 스타일의 차이는 조금씩 있겠지만, 현실적인 고민에 주춤했던 깨단도, 감성적인 망설임을 마주했던 바름도 지금 은 모두 도그이어의 한 일원으로 잘 지내고 있다고 꼭 알려드 리고 싶네요!

망설임의 이유는 저마다 다르겠지만 독서 모임 안에서 함께 이뤄내는 활동들은 그 망설임 이상으로 대단하고 멋졌던 것 같아요. 어쩌면 저마다 다른 망설임을 가진 사람들이 모였기 때문에 제 크기만큼 편협한 세상의 문이 넓어지는 걸 느꼈거 든요. 저는 첫 모임이 끝나고 이제야 제 자리를 찾은 것 같은 기분이 들었어요. :)

그런 의미에서 이번에는 독서 모임에 참여하고 난 후 바름님 이 느꼈던 좋은 점에 관해 묻고 싶어요!

바름 망설임이 하나둘 모여 경험을 이뤄내고, 경험들이 모여 당당하게 자신의 의견을 피력하고 소속감과 유대감을 만들어 내는 것 같아요. T, F 상관없이 모두 한 명의 사람으로서 바라 보면 배울 점도, 닮아가는 점도 많고요. 특히 소모임을 통해 서 저는 그동안 망설였던 수영을 시작하게 되었고, 이 경험으 로 '세상은 생각보다 무서워할 필요가 없구나'라고 느꼈답니 다. 사실 앞서 말씀드렸듯이, 저는 소속이라는 울타리에서 독 서를 경험한 적이 많았어요. 그러면서 '세상에는 나와는 다른 사람들이 많구나', '나는 이런 의견에 대해 이렇게 생각하는 구나'하며 자신을 찾아가게 되었죠. 하지만 도그이어는 달랐 습니다. 도그이어에서는 저도 찾고, 타인도 찾을 수 있었어요. 이전에는 청소년이었기도 하고, 타인과 한가지 의견으로 토론

29

을 벌이는 경험이 대다수여서 저를 중심으로 사고했어요. 하지만 이름도 모르고 나이도 다른 이 모임 속에서 이름과 나이는 살아가는 데 있어 중요하지 않은 요소임을 알게 되었어요. 이 요소들이 지워진 채로 이야기와 경험을 함께 공유하니 동등한 위치에서 서로의 취향과 생각이 모였고, 자연스럽게 저와 타인을 찾을 수 있었습니다. 살면서 나 하나가 누구인지 아는 것도 어려운데, 나와 타인까지 찾을 수 있으니 정말 매력적인 모임이지 않나요? 말이 많나요? 별안간 벅차오르네요.

깨단 와…. 진짜 맞아요. '세상은 생각보다 무서워할 필요가 없구나' 이 마음 정말 공감되네요! 독서 모임 가입 전 가졌던 걱정들과 망설임이 가입 후에는 정말 아~무 것도 아니기 때문에 아직 망설이고 계신 예비 회원님이 계신다면 망설이지 말고 일단 도전하시라고 꼭 말씀드리고 싶어요! 그리고, 이름과 나이가 지워진 채로 동등한 위치에서 의견을 나눈다는 점 또한 저도 너무 좋았습니다. 여전히 바름님의 본명도, 나이도 모르지만 '바름'이라는 사람의 사적인 정보보다 취향과 생각을

먼저 접하게 되어 바름님을 온전히 '바름' 그 자체로 받아들일 수 있는 것 같아요.
제가 느꼈던 장점들을 덧붙이자면 우선 '비문학은 재미가 없다'는 편견이 깨졌고 (공교롭게도 저의 첫 모임 지정도서가 비문학이었어요.ㅎㅎ) 혼자 하는 독서보다 여럿이 하는 독서가 더 재밌다는 생각이 자리 잡게 됐어요. 혼자 하는 독서는 읽는 게 전부였는데 독서 모임을 하니 읽었던 책에 대한 생각을 더 확장시킬 수도 있고 반대의 의견을 방어적 자세 없이 받아들이는 태도도 배우게 됐어요. 무엇보다 웃겼던 건, 상상 따위 하지 않는 극 S의 삶을 살던 제가 발제문에 대한 답변을 고민하면서 이런저런 상상을 하게 된다는 겁니다. '내가 만약 AI가 된다면 어떨까?' 같은 저로서는 절대 하지 않을 상상들이요. 하하하….
진짜 독서 모임의 장점이 너무너무 많아서 자꾸 말이 길어지는데 마지막으로 하나만 더 말하고 싶어요!!! 독서 모임을 하면 독서 외의 제 영역이 넓어지고 제 영역이 넓어짐에 따라 자기 확신도 자라난다고요!!!! 바름님이 망설이다 도전하신 수영도 그렇고 저는 최근에 글쓰기 소모임에 들어갔어요! 어쩌다 보니 이렇게 책도 만들게 됐고요.ㅎㅎ 도그이어에 가입한 2023년은 제게 아주 큰 변화의 물결이 밀려온 해네요. 그 변화가 너무나도 마음에 들어요.
독서 모임에 참여할 때 느끼는 장점이 이렇게나 많으니 또 단점을 이야기 해보지

않을 수 없죠~!

솔직히 단점 찾는 게 정말 어렵긴 했지만 굳이 찾아보자면 독서 모임 내내 한숨도 쉬지 않고 듣고, 말하고, 느끼고, 깨닫느라 끝나고 나오면 꽤 피로하고 엄청나게 허기진다 정도…? 이건 장점인지 단점인지 잘 모르겠지만 안 그래도 바쁜 일상이 더 바빠진다. 읽고 싶은 책이 너무 많아진다는 것 정도입니다.

바름님이 생각하시는 단점도 궁금해요 :)

바름 저도 상상은 잘 하지 않고 감수성만 있는 F였는데 이제는 상상도 하려고 합니다. 독서 모임 회원 분들께서 '만약에~ 어떨 것 같아요?'라는 발산적 질문이 도움된 것 같아요. 깨단님께서 단점에 대해 말씀하시길래 곰곰이 생각해 보았어요. 단점이 있었나? 하고요. 물론 최근에 회원님들이 많아지며 한 모임에서 여러 이야기를 귀에 담고 이해해야 하기에 피로할 수 있습니다. 하지만 오히려 그만큼 많은 정보와 관점들을 얻어가더라고요! 허기진다는 말에 저도 공감합니다. 그리고 저는 모임 전날 아주 푹- 자고 좋은 컨디션으로 가려 노력합니다! 이야기를 많이 듣기 위한, 말을 많이 하기 위한 워밍업이랄까요? 이건 도그이어의 특성이기도 한데, 도그이어는 소모임들이 있고 이런 모임들은 정기적이지 않으며 원하는 사람들만 모이기 때문에 더 재미있는 것 같아요. 비슷한 관심사와 성향을 가진 사람들을 구체화했기 때문이죠. 단순히 책을 읽고 이야기하는 행위에서 그치지 않아서 단점이 생겨날 틈도 없는 것 같습니다. 마치 관람차나 회전목마처럼 계속 경험이 순환하는 것 같아요. 그런 의미에서 깨단님께서도 필사 소모임에 들어오시는 것은 어떻게 생각하시나요? 어휘력과 기억력이 상승하는 필사 소모임! 홍보합니다. (깨알 홍보)

깨단 깨알 같지만, 강력한 필사 소모임 홍보까지~ 홀라당 넘어갈 뻔했네요! 독서 모임 초심자들의 마음을 대변하고 모임 가입을 망설이고 계실 예비 회원님들의 궁금증을 해결해 드리고자 나눈 대화였는데 오히려 찐 초심자였던 제가 마음의 위로를 받게 되는 것 같아요.ㅎㅎ 바름님처럼 이렇게 다정하신 회원님들 덕에 이번 달도 다음 달도 앞으로 쭉쭉 나아가도록 하겠습니다. 당차게!

바쁘실 텐데 시간 내어 답변 주셔서 감사합니다. 대화는 이쯤에서 마무리 하고 저희는 다음 모임 때 또 만나요!

02
모임의 독서

독서 습관에 관한 글을 쓰기에 앞서, 어떤 사람들이 궁금해할지 생각했다. 그리고 내가 몇 해 전 독서를 시작하기까지 어떤 일이 있었는지 되돌아보았다. '시작이 반이다'라는 말이 가장 잘 어울리는 분야가 바로 독서 같다. 어떤 일을 시작하는 데에 있어 가장 중요한 것은 '마음잡기'이지 않을까?

흔히들 연초에 가장 많이 하는 다짐에는 저축, 다이어트, 독서가 있다. 저축과 다이어트는 나라는 사람을 위해 무조건 도움이 되는 것인데, 독서는 잘 드러나지 않는 것이니 안 해도 되지 않을까? 하지만 대부분 사람들의 연초 다짐 속에는 독서가 있다. 달리 생각해 보면, 저축과 다이어트보다 실현 가능성이 더 높은 것이 독서인데, 독서는 왜 늘 후순위로 밀리는 걸까.

초심자를 위한
독서 습관

글 : 바름

대개 사람들이 독서에 대한 다짐을 실천하려는 무렵, '아 슬슬 책을 읽어볼까?'라는 마음과 동시에 습관처럼 스마트폰을 집어 든다. 나 또한 그렇다. 일단 책을 사야 독서를 하기 때문이다. '어떤 책을 읽지?'하며 요즘 베스트셀러를 검색하려다가 주변에 배너로 떠 있는 광고를 보게 되고, 자극적인 제목을 가진 뉴스나 이슈에 자연스레 빠지게 된다. 그러다 보면 책을 사려던 마음은 온데간데없이 사라지고 시간은 지지부진하게 흐른다. 연말이 다가오면 '독서를 못 했네. 내년에 해야겠다'며 후회와 함께 독서는 마음의 부채로 남겨진다.

독서를 하려는 이유는 단순하다. 지식의 고양 즉, 조금이라도 더 똑똑해지기 위해서. 여러 자기계발서나 방송 매체에서 사람들이 말하는 독서가 중요한 이유로는 문해력 상승, 집중력 향상 등의 것도 있지만 결과적으로는 똑똑해지기 위한 것이 가장 큰 이유다. 어제보다 오늘 더 똑똑해지기. 더 나은 내가 되기. 그래서 나는 이 글을 읽는 분들에게 조금이라도 더 똑똑해지기 위한 독서 습관에 대해 알려드리고자 한다.

앞서 언급한 것처럼 독서 습관 잡기의 첫 번째 발걸음은
'독서에 대한 마음잡기'다.

단순하다. 독서는 아무 생각 없이 하면 된다. 생각을 더 잘하고자 하는 것이 독서인데, 생각 없이 한다니. 굉장히 모순적인 말 아닌가? 지금 이 순간 주변을 둘러보고, 책이 있다면 그걸 집어 들고 첫 장을 펼쳐보자. 독서는 이렇게 시작된다.

'이 책은 이래서 재미없을 것 같아', '저 책은 표지가 너무 별로야', '이왕이면 베스트셀러를 읽어야지'라는 변명들이 시작되는 순간 '마음잡기'는 힘들어진다. 그러니 끝까지 읽지 않아도 되니 일단 주변에 있는 아무책이나 집어서 읽어보자. 딱 10장만 읽고 재미가 있으면 쭉 읽고, 재미가 없다면 다른 책을 골라보면 그만이다.

책을 고른 그 순간, 우리는 '마음잡기'에 성공했다.

다음 발걸음은 '마음에 드는 문장 찾기'다. 책을 읽다 보면 "어!"하고 탄성이 나오거나 "흐음"하고 절로 인상이 찌푸려지는 경우가 있다. 그럼 머릿속에서는 '나는 이렇게 생각하는데'라는 마음이 번쩍! 든다. 그 문장을 표시하면 된다. 메모지에 떠오르는 생각을 적으면 효과는 배가 된다. 이런 표시 행동 하나로 인해 나중에는 책 표지만 봐도 '이 책 이런 내용이었어'라고 자연스럽게 떠올리게 될 것이며, 그 순간이 우리가 한층 더 똑똑해지는 순간이다.

그런데 책을 오랜만에 읽으니 슬슬 졸리기 시작한다. 눈이 감겨 오고, 점점 글자들이 흐려진다. 그럴 때는 어떻게 해야 할까? 정답 은 '덮는다'이다. 간단하지 않은가? 읽기 힘들 때는 덮고 다음에 읽 는 것이 가장 효과적인 방법이다. 나는 목표를 단순하게 잡고 책을 읽는다. '매일 10쪽 읽기' 10장도 아닌 10쪽! 사실 굉장히 적은 쪽 수라서 독서라 느껴지지 않을 수 있겠지만, 방금 가장 가까이에 있 는 책을 펴 세어보니 한 쪽에 400여 글자가 새겨져 있다. 10쪽이면 4,000글자나 된다. 하루에 4,000글자를 읽는다니, 정말이지 엄청 나다.

이렇게 매일 아침, 이동하는 시간, 자기 전 아무 때나 내가 편한 시 간에 10쪽을 읽는다면 한 달 후엔 1권, 일 년 후엔 12권을 읽게 된 다. 독서는 생각보다 별거 없다. 12권이면 12명의 사람들이 생각하고 살아온 발자취를 볼 수 있는데 이보다 황홀한 습관이 어디 있을까?

독서 습관에 대해 글을 적겠다고 마음먹었을 때, 많은 고민을 했 다. 어떤 사람들을 독자로 가정하고, 또 어떤 것을 소개해야 하는지 말이다. 그러다 책을 통해 많은 분들께서 독서를 습관화하고 책에 관심을 가졌으면 하는 마음을 가득 담아 이 글을 쓰게 되었다. 독서 를 위해 책을 사는 행위만으로도 출판 업계에 큰 도움이 된다고 한 다. 우리에게도 큰 도움이 되고 말이다.

가끔 내가 해결하지 못한 마음속 질문에 대한 답변을 생각지도 못 하게 책에서 찾을 수도 있다. 그리고 독서는 내가 살지 못한 새로운 공간으로 나를 데려다주고, 함께 여행해 줄 수 있는 좋은 친구가 되 기도 한다. 이렇게 멋진 경험을 우리만 할 수 없다! 그럼 독서 습관 을 위한 한 걸음을 응원하며 이 글을 마치겠다.

DOPA
MINE

도파민 독서
독파하기

글 : 동배기

도파민이란 단어를 들어본 적 있는가? 도파민의 학술적 의미는 뇌신경 세포의 흥분을 전달하는 역할을 하는 신경전달 물질이다. 최근에는 주로 자극적이고, 선정적인 작품에 접두사처럼 붙여서 사용하는 것이 밈으로 유행 중이다. 나는 우리 독서 모임에서 도파민에 가장 가까운 독서를 하는 사람 중 한 명이다. 내가 독서 모임에 가져온 책을 설명할 때는 '자극적'이란 말이 빠지지 않는다.

어느 날, 독서 모임이 끝나고 모임장이 일명 '도파민 소설'을 소개하는 글을 써보는 게 어떠냐고 제안했다. 때가 왔다는 생각이 들었다. 드디어 내 귀한 인생에서 수백 시간을 홀라당 훔쳐 가버린 도둑 같은 명작들을 세상에 소개할 막중한 임무가 주어진 것이다. 당신의 시간을 기꺼이 빼앗길 준비가 되어 있다면, 이 글을 끝까지 읽어 주길 바란다.

DOPAMINE

내가 소개할 작품은 요코미조 세이시의 『악마의 공놀이 노래』다. 요코미조 세이시는 최근까지도 그를 언급한 작품들이 나올 만큼 일본 추리소설계에서 영향력이 큰 작가다. 소년 탐정 김전일이 사건 해결 전에 주문처럼 되뇌는 말이 있다. "할아버지의 명예를 걸고." 김전일을 보았다면 김전일의 할아버지가 얼마나 대단한 사람이길래 매번 할아버지의 명예을 걸고 사건을 해결하는지 궁금했던 적이 있을 것이다. 그 할아버지 긴다이치 코스케를 만들어낸 작가가 바로 요코미조 세이시다. 그는 일본 추리소설의 시초이자, 당시 일본 미스터리 문학의 큰 흐름을 바꾼 인물로 평가된다. 그의 작품들 대부분은 일본에서 영화화, 드라마화가 되었을 정도로 큰 인기를 끌었다.

요코미조 세이시는 1900년대 초반에 태어난 작가로 그의 작품들 대다수는 거의 한 세기 전 쓰였다. 수십 년 전에 출판된 소설들은 온갖 자극에 찌들어버린 현대인들에게는 다소 심심하게 느껴질 수 있다. 새로운 자극을 찾고자 고전이라고 불릴 만한 추리소설들에 이것저것 손을 대봤지만 항상 예상가는 트릭과 서사에 아쉬움에 입맛을 다시곤 했었다. 그렇지만 요코미조 세이시의 작품들은 놀랍도록 신선하다. '나는 이미 자극에 길들여져서 웬만한 자극에는 꿈쩍도 안한다', '소설이 줄 수 있는 거의 모든 자극에 무뎌졌다'는 분들께 요코미조 세이시의 소설을 강력 추천한다. 흥, 과연? 당신은 코웃음을 치면서 읽기 시작 하겠지만 호락호락하게 보지 마시라. 대체 이 막장의 끝은 어디인가. 어디까지 가나 보자 하는 심정으로 읽다보면, 창문 밖에서 동이 틀 것이다.

요코미조 세이시의 소설에는 전후 일본의 기괴한 관습과 유물이 자주 등장하고, 그러한 요소들이 작품의 전반적인 서사에 중요한 역할을 한다. 『악마의 공놀이 노래』는 그 기괴함과 음습함이 극도로 드러나는 요코미조 세이시의 대표작 중 하나다. 소설의 배경은 비밀을 숨기고 있는 마을, 귀수촌이다. 귀수촌에는 공놀이 노래가 전해 내려오는데 가사가 자못 섬뜩하다. 휴가차 이 마을에 들른 긴다이치 코스케는 23년 전 마을에서 일어난 사건을 전해 듣게 된다. 그리고 어느 날부터 공놀이 노래 가사 내용에 맞춰 마을의 여인들이 한 명씩 살해당한 채로 발견된다.

소설은 시작부터 비 오는 날 덜 마른 빨래를 어쩔 수 없이 꺼내 입어야 하는 듯한 느낌을 준다. 찝찝하다는 말이다. 소설을 읽는 내내 끈적하고, 습한 동굴 속을 헤매는 기분이다. 이 막막함 속에서 유일하게 믿고 의지할 수 있는 사람은 탐정 긴다이치 코스케 뿐이다.

요코미조 세이시의 모든 작품들이 명작이라 할 수 있지만 그 중 『악마의 공놀이 노래』를 고른 이유는 후반부에 나온 어떤 한 장면 때문이었다. 책장을 넘기며 범인의 정체가 드러나는 순간, 마치 내가 그 장면을 실제 지켜보고 있었던 것처럼 큰 충격을 받았다. 그 장면 뿐만 아니라 완독 후 소설 곳곳에 깔린 복선들을 찾아보는 재미도 쏠쏠하다.

요코미조 세이시가 쓴 작품들에는 언제나 세 가지가 존재한다. 놀라운 트릭, 섬세한 설정, 허를 찌르는 고정관념의 파괴. 요코미조 세이시의 소설을 끝까지 제대로 읽기 위해서는 넘어야할 몇몇 개의 허들이 있다. 일단 외국 번역 소설들이 그렇듯 낯선 이름들과 성, 이름을 번갈아 부르는 호칭 방식에 적응하는 시간이 필요하다. 소설이 쓰인 시기나 시대적 배경 상 소설 속에는 고리타분한 관용어구나 여성 혐오적 표현들이 나오기도 한다.

사는 게 지루하고, 반복된 일상에 기대감이 없는 이들이 요코미조 세이시의 소설을 읽으며 위로받길 바란다. 소설 속 엉망진창 인간 군상과 순수 악을 경험하고 나면, 여러분의 비교적 평온한 삶과 적당히 짜증나는 주변인들을 관대한 눈으로 바라볼 수 있을 것이다. 여러분들이 정말 부럽다. 아직 읽어볼 수 있는 요코미조 세이시의 책들이 많이 남아 있을 테니.

ENTP INFJ ESTJ

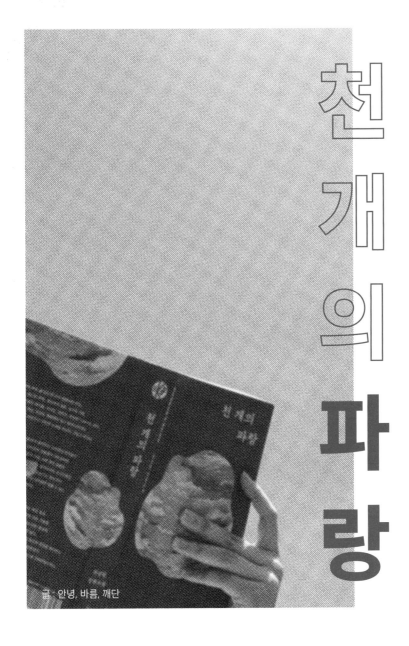

천

개

의

파

랑

글 · 안녕, 바름, 깨단

뜨거운 논쟁을 즐기는 변론가, 발명가형

어떤 의견이나 사람에 반대하는 일을 두려워하지 않으며,
논란이 될 만한 주제에 대해 격렬하게 논쟁하는 일을 즐긴다.
반항심이 강한 성격이며 모든 신념에 의문을 제기하고
모든 아이디어를 세심히 검토한다. 또한 규칙을 철저히 검증하며
불필요하다고 판단되는 규칙은 지킬 필요가 없다고 생각한다.

통찰력 있는 선지자, 예언자형

인내심이 많고 통찰력과 직관력이 뛰어나며, 화합을 추구하는 유형이다.
내향적인 이상주의자 성향을 가지고 있어 친한 친구 앞에서는
미래에 대한 각종 예측과 상상을 펼쳐놓기 좋아하는 특성이 있다.
공상이 꼬리에 꼬리를 물고 테두리 밖으로 잘 벗어나는 다른 성향과는 달리,
합리적인 테두리 안에서 공상을 하기 때문에
이들의 예측은 제법 논리가 잡혀 있는 편이다.

엄격한 관리자, 경영자형

현실적, 구체적, 사실적이다. 또한 어떠한 활동을 조직화하고
주도해 나가는 지도력과 추진력이 있다. 불확실한 미래의 가능성보다
흔들리지 않는 현재의 사실을 추구한다.
하지만 감정을 고려하는 능력이 부족할 수 있기 때문에, 인간 중심의
가치에 대해 고민하고 타인의 감정을 생각하는 법을 배워야 한다.

ENTP(안녕)

간만에 마음을 울리는 소설을 만났다. SF소설이라고 해서 흔한 로봇이나 인공지능 소설을 생각했는데 생각지도 못한 감동의 물결을 맞았다. 동물 사진만 봐도 울고 웃는 나에게는 눈물 버튼과 다름없었다.

자유를 향한 말의 의지와 인간의 마음을 무너뜨리는 로봇의 이야기에 쉽게 여운이 가시지 않았다. 이 책을 알게 된 것이, 이 작가를 알게 된 것이 행운이라고 느껴진다.

INFJ(바름)

평소 좋아하는 것을 넘어서 사랑하는 작가님의 책인데 두께감 때문에 망설이다가 독서 모임 도서로 선정되면서 읽게 되었다. 그런데 망설인 것이 무색하게 근래 읽었던 책 중에서 가장 집중해서 빠르게 읽어나갔던 책이었다. 인간과 휴머노이드의 관계성에 있어 애정, 인류애를 설명하는 데는 역시 천선란이다! 싶었다.

ESTJ(깨단)

책을 읽으며 울어본 적이 없어서 『천 개의 파랑』을 추천받을 때 "아마 펑펑 울게 되실 거예요"라는 말이 그다지 와닿지 않았다. 그런데 웬걸 꺼이꺼이 울고 있는 나를 발견하게 되었다. 나는 왜 울었을까? 이 감정은 도대체 무엇일까? 이야기에 빠져들며 나는 콜리를 가족으로 받아들이고 있었나 보다. 누구도 나에게 강요하지 않았지만 부서지는 콜리의 몸을 보며 고통을 느끼는 것도 나였고, 후회 따위하지 않는 콜리의 선택을 보며 후회하는 것 또한 나라는 생각이 부쩍 들었다. 인간은 정말 초 감정적인 존재인 것 같다. 그 어떤 고통도 느끼지 않고 후회도 하지 않는 로봇, 콜리는 사실 행복할 텐데 말이다. 그런 의미에서 『천 개의 파랑』은 내게 AI라는 '로봇'보다는 '인간'이라는 존재에 대해 다시 한번 생각하게 만드는 특별한 책이었다. 어쩌면 AI가 만들어진 목적은 단순히 인간의 편의를 위함이 아니라, 인간 스스로가 AI라는 '로봇'을 통해 결국은 '인간'이라는 존재를 다시 바라볼 수 있게 하는 거울이 되어주기 위함이 아닐까?

ENTP(안녕)

아주 꽉 닫힌 새드엔딩이다. 연재도 은혜도 보경이도 그리고 투데이까지도 모두 자신의 행복을 찾아냈는데 우리의 콜리는 그러지 못했다.

콜리는 로봇이지만 시간이 더디게 가는 외로움을 느낄 줄 알았고, 다른 사람의 행복을 통해 함께 행복할 줄 알았고, 투데이와 함께 호흡하며 기뻐할 줄 알았다.

민주와 연재뿐만 아니라 이 책을 읽은 독자라면 모두 콜리가 '살아있다'고 느낄 텐데 그런 콜리가 더 이상 '살아있지 않다'고 생각하니 너무나 마음이 아팠다. 많은 등장인물의 해피엔딩에서 콜리까지 해피할 수는 없었던 걸까?

INFJ(바름)

결말은 누가봐도 해피 아닐까? 사실 새드엔딩에 대한 입장도 그저 '아 저렇게 생각할 수도 있구나'라는 마음과 함께 역시 대다수는 꽉 닫힌 해피엔딩을 선호하는구나 느끼게 되었다. (하하) 어찌 되었든 콜리는 휴머노이드라 아는 게 많더라도, 이타심이 생기더라도 어디까지 휴머노이드니까. 감정도, 선택도 그저 입력값에 대한 출력이 아닐까 싶었다. 쓰다 보니 소시오패스처럼 느껴지기도 한다. 결론적으로 생명이 있고 진짜 감정을 느낀 투데이가 살았으니 해피 엔딩이라고 생각한다! 물론 남겨진 인간들은 콜리를 그리워하겠지?

ESTJ(깨단)

콜리를 이제 막 사랑하기 시작했던 인간인 내 입장에서는 너무 슬픈 새드엔딩이었다고 생각한다. 나를 포함해 남겨진 사람들에게 콜리의 빈자리와 그리움이 너무 크게 남을 것 같아서 눈물이 멈추질 않았다. 한편으로는 정작 콜리에겐 이게 해피엔딩일 텐데 단지 나의 그리움 때문에 이 결말을 새드엔딩으로 보는 것 자체가 이기적인 인간의 마음이 아닐까 싶지만 어쨌든 나는 지극히 감정적인 인간이고 여전히 콜리가 너무 보고 싶을 것 같다.

ENTP(안녕)

다시 두 번째 낙마 직전으로 돌아가서, 투데이는 더 빠르게 뛰고 싶어 한다. 다시 달릴 수 있는 자유를 만끽하기 위해서. 콜리의 엉덩이부터 상체까지 산산이 부서지고 있었다. 콜리는 그렇게 마지막으로 하늘을 바라봤다.

콜리가 다시 눈을 뜬 것은 콜리가 제대로 되살아났는지 확인하기 위해 콜리를 처음부터 마지막까지 싹 해체했다가 조립한 연재가 부드럽게 콜리의 몸을 흔들었을 때다.

"안녕하세요?"

INFJ(바름)

결말이 정말 완벽하다고 생각한다. 만약 콜리가 살았다면 투데이가 살았을 확률도 크지만 작품성을 위한 작가님의 선택이니 너무나도 '그럴 이유가 있다!' 라고 생각하는 입장이다. 사람들은 '새로운 콜리', '대체품'을 찾았다. 하지만 이것은 남겨진 사람들을 위한 죄악이라는 생각이 들었다. 나와 비슷한 감상을 가진 사람들이 있을까 싶어 인스타그램이나 블로그에서 다른 후기들을 읽어보았다.

ESTJ(깨단)

이야기의 순서를 조금 바꾸면 어떨까? 투데이와 콜리의 마지막 경마가 시작되기 전, 투데이가 달리기 전, 콜리가 두 번째 낙마를 시작하기 전에 서진의 자료를 언론에 터트려 경주마의 실태에 대해 세상에 먼저 알리고 거기에 투데이를 살리기 위해 느리게 달리는 연습을 시키는 연재와 은혜의 사연을 함께 실어 내보내 투데이와 콜리 모두를 구하고 싶다. 그게 사실 콜리를 구하는 일인지, 나의 슬픔과 그리움을 구하는 일인지는 모르겠지만 제주의 푸른 초원을 달리는 투데이와 투데이의 등에 오르진 않아도 투데이와 나란히 걸으며 행복하게 사는 콜리의 뻔한 결말을 보고 싶다. 그 틀에 박힌 행복을 느끼며 안도하고 싶다.

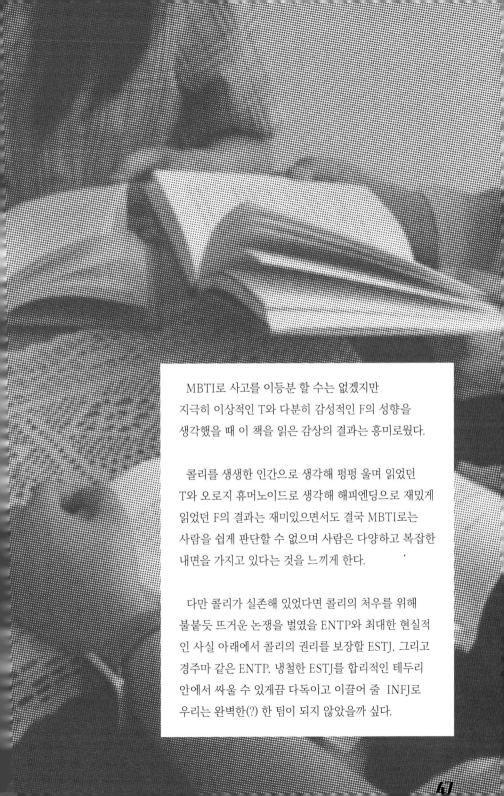

MBTI로 사고를 이등분 할 수는 없겠지만
지극히 이상적인 T와 다분히 감성적인 F의 성향을
생각했을 때 이 책을 읽은 감상의 결과는 흥미로웠다.

콜리를 생생한 인간으로 생각해 펑펑 울며 읽었던
T와 오로지 휴머노이드로 생각해 해피엔딩으로 재밌게
읽었던 F의 결과는 재미있으면서도 결국 MBTI로는
사람을 쉽게 판단할 수 없으며 사람은 다양하고 복잡한
내면을 가지고 있다는 것을 느끼게 한다.

다만 콜리가 실존해 있었다면 콜리의 처우를 위해
불붙듯 뜨거운 논쟁을 벌였을 ENTP와 최대한 현실적
인 사실 아래에서 콜리의 권리를 보장할 ESTJ, 그리고
경주마 같은 ENTP, 냉철한 ESTJ를 합리적인 테두리
안에서 싸울 수 있게끔 다독이고 이끌어 줄 INFJ로
우리는 완벽한(?) 한 팀이 되지 않았을까 싶다.

what's in my book life?

글 : 바름

독서를 할 때 준비물에는 어떤 것이 필요할까? 당연히 책만 있으면 된다. 하지만 꾸준히 독서를 이어가기 위해서는 효과적이고 효율적인 독서 용품이 필요하다. 다소 변명으로 들릴 수도 있겠지만 소유하기 시작하면 없었던 때로는 돌아가기 힘들 것이라 장담한다.

테무 야간 독서등(2천 원대)

타인과 함께 있거나, 독서하면서 잠들고 싶지만 밝은 것이 싫을 때 추천한다. 3단계로 빛 조절이 가능하고, 책 표지에 끼워 사용할 수 있으며 자유자재로 구부러진다.
다른 사람들은 이북 리더기에도 많이 사용한다.

테무 독서링(1천 원대)

시중에 유명한 독서링이 많지만 가격대가 비싸 선택했다. 배송이 늦는 것 빼고는 만족한다. 야외에서 책을 읽을 때 한 손으로 보기 좋고 바람이 불어도 책장이 날아가지 않는다.

문진(알라딘 사은품 『천 개의 파랑』 에디션)

필사 시 책을 고정할 때 사용한다.
천 개의 파랑 양장본 리커버 때 한정판으로 나온 제품이라 아주 특별하다.

북어게인 북커버(2만 원대)

비건 가죽으로 만든 제품으로 무광 가죽제품이
라 탄탄하고 멋지다. 민망한 제목이나 큼지막한
책 표지를 숨길 때 용이하며, 타자에게 내가 읽는
책을 알리고 싶지 않을 때 사용한다. "어? 바름씨
OOO책 읽네?" 라는 질문에서 도망칠 수 있다.
아쉽게도 현재는 단종이다.

툴러 인덱스(3천 원대)

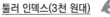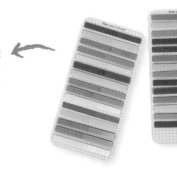

책을 깨끗하게 읽는 것을 좋아하여
줄을 긋기 보다는 마음이 가는 문장에 인덱스를 붙인다.
접착력이 적당하여 떼고 나서도 자국이 남지 않고,
붙여두어도 떨어지지 않는다.
책의 색과 인덱스 색을 맞추면 만족감이 크다.

북다트(1만 원대)

책을 외부에서 읽을 때 인덱스를 사용한다면, 북다트는 집에서
사용한다. 책에 끼울 수 있으며 인상 깊은 문장에 표시한다.
재사용할 수 있다는 장점이 있지만, 너무 작고 얇아 자주 도망간다는
단점이 있어 외부 사용이 어렵다.

펜코 집게(2천 원대)

여름 나기 모임 때
소품샵에서 함께 구입했다.
필사 시 책 고정에 용이하다.

워너디스 모눈 노트(7천 원대)

필사 노트로 사용한다.
글자를 맞춰 쓸 수 있는 모눈 노트를
선호하고, 잉크펜도 뒷장에 비치지 않는
노트가 필요하여 구매했다.

03

모임과 모임

어른들이

1. 와인 모임

테마별(품종, 국가, 지역) 와인을 정해 어울리는 음식과 함께 맛보며 나의 취향을 알아가는 모임이다. 부담을 느끼지 않는 가격대부터 시작하자. 가장 중요한 건 즐겁게 마시며 대화하기이다.

2. 글쓰기 모임

글쓰기를 하고 싶지만 작은 게으름으로 좌절하는 우리를 위한 모임이다. 매달 정해진 주제를 바탕으로 글을 쓰고, 돌아가며 피드백을 남긴다. 마감날 머리를 싸매고 있는 모습을 보면 마치 작가가 된 듯 한 기분이다.

3. 수영/등산/달리기 모임

좋아하는 운동을 함께 즐길 수 있다면 얼마나 기쁠까. 운동이 주는 보람과 공동의 목표를 이루었다는 충만감을 얻을 수 있다. 운동 후 누릴 음식을 고르는 낙은 덤이다.

4. 필사 모임

글 : 다정

필사는 마음에 와닿는 구절을
베껴 쓰는 지극히 개인적인 행위이다.
아무리 좋은 행동이라도 꾸준히 실천하기
는 쉽지 않다. 그럴 땐 '함께의 힘'을 이용하자.
마음에 드는 문장을 종이에 적고 메신저로
공유한다. 어떤 책이든 문장이든 괜찮다.

5. 영화제/캠핑 모임

콘텐츠를
만들기 힘들다면
도처에서 일어나는 다양한 페스티벌을 활용하자.
〈도그이어〉는 2023년 6월 무주산골영화제에
다녀왔다. 자연을 보며 진진한 음식
을 맛 볼 수 있는 캠핑은 돈독
한 시간을 보내기에 제격이다.

6. 계절나기 모임

계절별 추천 콘텐츠를 정해
진행했다. 여름나기의 키워드는 수영,
전시 관람, 여름 플레이리스트 만들기였다.
계절을 핑계 삼아서 하지 못했던 일을
시도하자.

DO YOU LIKE WINE?

와인은
안 좋아하세요?

DOG EAR WINE CLUB

글 : 나무

　모임에 막 가입한 회원에게 스몰 토크로 주종과 주량을 묻는 경우가 많다. 열에 아홉은 맥주, 소주, 막걸리, 하이볼을 좋아한다는 대답을 돌려준다. 나는 다시 묻는다. "와인은 안 좋아하세요?" 대부분의 사람이 좋아하기는 하지만 잘 모르기에 즐기지 못한다는 말을 한다. 심지어 약간 민망해하면서 말이다. 그렇다면 우리는 소주, 맥주, 막걸리, 하이볼에 대해서는 많이 알고 마시는 걸까? 어째서 와인은 어렵고도 진입장벽이 높다고 생각할까? 그래서 만들었다! 도그이어 와인 모임!

　나는 맛있는 술을 좋아한다. 맛있는 술을 맛있는 안주와 곁들여 마시는 것은 더 좋아한다. 그보다 더더욱 좋아하는 것은 술과 함께하는 즐거운 대화이다. 독서 모임에서의 대화는 할 때마다 즐거우니, 이 사람들과 술을 마시면 대체 얼마나 즐거울까?
　소주 모임, 맥주 모임, 모르겠고 아무거나 다 마셔 모임이 아닌 '와인 모임'을 만든 것에는 세 가지 이유가 있다.
　첫 번째, 와인은 천천히 즐기는 술이다. 소주나 맥주처럼 왈칵왈칵 목구멍에 부어 버리는 술이 아니라 조금씩 음미하며 마시는 술이라고 생각한다. (가격이 소주, 맥주보다 비싸서 벌컥벌컥 마실 수가 없다.) 그렇기 때문에 대화가 많아진다. 한 모금, 그리고 그다음 모금 사이에 더 많은 대화를 나눌 수 있다.

두 번째, 독서 모임은 어찌 되었든 약간의 지적 허영심을 가진 자들의 모임이다. 그러다 보니 술도 그냥 마시기보다는, 가볍게 배우고 싶어 하는 회원들이 있다. 와인에 부여된 이미지 때문일까. 꽤 많은 회원들이 소소한 지적 허영심을 채우기 위해 와인을 알고자 소망한다.

세 번째, 지인들과 와인을 마시는 자리가 많지 않다. 보통 자주 만나는 친구들과는 소주나 맥주를 마시며 시간을 보낸다. 와인을 마시는 경우도 있지만, 크리스마스 같은 특별한 날이 있는 경우가 아니고서야 마시기 쉽지 않다. 사회생활 속 회식에서도 와인을 접하기는 쉽지 않다. 대표님이나 부장님의 따가운 눈초리를 받으며 와인을 마시자고 말할 수 있겠는가?

그렇게 우리는 와인 모임을 결성했다.

와인 모임이라고 거창한 건 없다. 호스트가 와인 두세 병을 들고 와 해당 와인에 대해 설명하고 차례로 시음하는 모임이다. 첫 모임은 내가 주도하였는데, '쉬라'라는 포도 품종을 구대륙과 신대륙으로 나눠서 마셔 보는 것을 주제로 잡았다. 구대륙은 주로 프랑스, 이탈리아가 있고 신대륙은 뉴질랜드, 호주, 미국 등이 있다. 구대륙은 '쉬라'라고 부르고 신대륙은 '쉬라즈'라고 부른다. 우리는 프랑스 쉬라와 호주 쉬라즈, 두 병을 들고 만났다. 매드 포 갈릭에서 진행했는데, 시간은 오후 12시였다. 네 명의 회원이 기대에 찬 눈빛으로 모여 내 설명을 듣기 시작했다. 한 사람당 와인 잔을 두 개씩 준비하여 각각 프랑스와 호주 쉬라를 따라 맛을 음미했다. 각자 노트나 휴대전화에 향을 적기도, 첫맛과 끝맛을 적기도 했다. 그러나 탐구하던 자세도 잠시. 우리는 이른 낮술에 점점 취하기 시작했다.

때는 4월의 볕 좋은 어느 날. 쨍쨍한 햇빛에 웃음이 많아지기 시작했고, 금세 와인 두 병을 다 비웠다. 어느덧 오후 2시가 되었건만, 기분이 좋아질 대로 좋아져 볼이 발그레해진 우리는 그냥 헤어지기 참 아쉬웠더란다. 이내 카페에서 빵을, 마트에서 맥주를 구입했다. 그리고 내가 살던 아파트 단지 한 귀퉁이에 자리를 잡고 맥주와 빵을 먹으며 땅바닥에 윷놀이를 시작했다….

도그이어의 달장 형식과 같이 와인 모임도 달장을 정했다. 두 번째 모임에서는 화이트 와인을 배워 보기로 하였다. 5월이 끝나갈 무렵이었고, 화창한 날씨가 계속되었기 때문에 '소비뇽 블랑' 품종이 어울렸다. 두 번째 달장이 와인 모임 공지를 띄웠다. 그때부터였을까. 와인 모임의 포스터 경쟁이 시작된 것은. 두 번째 와인 모임 달장의 포스터는 소위 '킹받는' 디자인이었던 것이다. 그는 보노보노와 눈부신 그라데이션 배경, 궁서체와 굴림체의 혼종인 화려한 포스터를 내놓았다.

그렇지만 이 조악한 포스터 한 장이 모임에 대한 소속감과 지속성을 더해 준 것은 사실이다. 이미지 한 장만으로 우리는 모두 진심이 되었다. 두 번째 모임도 결국은 거나하게 취해 각자 좋아하는 소설과 영화 이야기 등을 늘어놓느라 계획했던 보드게임은 하지 못했다. 다시금 맥주로 마무리했으며, 새벽 2시에야 모임이 겨우 끝났다.

　독서 모임을 진행하며 만난 사람이라면 기존과 신규를 가릴 것 없이 모두가 미지의 와인 모임을 궁금해했다. 점점 와인 모임에 참여하는 회원들이 많아졌다. 세 번째는 포트와인으로 진행됐고, 네 번째는 샤도네이로 선정됐다. 그 이후에도 모임은 계속 되었다. 모임을 거듭하며 설명은 필요 없고 단지 음주하며 웃고 떠드는 모임이라고들 느끼겠거니 생각했는데, 예상외의 답변이 돌아왔다. 와인 입문자였던 회원 모두가 와인이라는 주류에 대해서 많이 알게 되었으며, 정말 큰 도움이 됐다는 것이다. 간혹 어떤 회원들은 지인과의 만남이나 중요한 약속, 집에서의 혼술 시 모임에서 진행했던 와인을 다시 구입해 마셨다는 이야기를 하기도 하였다. 이때의 뿌듯함이란!

　실제로 나 또한 다른 회원의 추천 와인을 바탕으로 배경지식을 넓히기도 했고, 모르고 살다 새로 시음해 본 와인들도 있었다. 와인에 대한 친근감이 확 높아졌다고 해도 과언이 아니다. 페어링하면 좋은 안주를 서로 추천하기도 하고, 궁금한 것은 부끄러워하지 않고 물어볼 수도 있는 도그이어 와인 모임.

　쭈뼛쭈뼛 질문하던 회원들이 이제 어디 가서 즐겨 마시는 주종으로 와인을 답하기도 한다. 친구나 가족에게 당당히 설명을 해 주기도 한다. 와인을 잘 몰랐던 이들이 즐거운 시간 속에서 배움을 얻고 용기를 얻은 것이다! 독서를 즐겨하는 사람이 와인까지 즐겨한다니, 정말 멋지지 않은가?

글 : 이원

무언가를 '안다'는 건 그것을 '나만의 언어로 정의할 수 있다는 것'과 같다는 말을 들어본 적 있는가? 혹시라도 처음 들어봤다고 주눅 들지 않길 바란다. 어디에서 들은 건지, 누가 한 말인지 모두 불분명하기 때문이다. (아마 유튜브에서 들었을 것이다.) 아무튼 저 주장을 한 사람에 따르면, 필사를 자신만의 말로 설명할 수 없다면 그 사람은 필사를 모른다는 것이다. 제법 그럴듯하다. 그리고 이 주장대로라면 나는 그래도 필사를 아는 사람이다.

〈도그이어 필사 모임〉을 시작한 지 한 달쯤 지나서 필사에 관한 글을 써 블로그에 올렸다. 필사하며 생각한 필사의 장점, 요령, 정의 등을 써 내려간 글로, 그 글은 게시 직후부터 반년이 지난 지금까지도 블로그 유입의 일등 공신이다. 그리고 나는 이 사실이 전혀 놀랍지 않다. 글을 쓸 때부터 이 글은 사람들이 꾸준히 찾아오리라 생각했기 때문이다. '뭐야, 자랑질이야?' 아니다. (조금은 맞다.) 포스팅이 잘 된 것 자체가 중요한 게 아니다.

필사 효과

1. 독서에 대한 태도와 마음가짐의 변화
2. 정서적 만족감, 심신 안정
3. 집중력과 비판력 향상
4. 책 내용의 습득력과 이해도 증가

글의 내용이 중요한 것은 아니나 궁금할 분들을 위한 포스팅 요약

필사 팁

1. 책의 한 파트를 모두 읽은 후에 필사하라.
2. 문장의 내용과 구조, 즉 작가가 말하고자 하는 바와 그걸 말하는 방법을 분석하고 음미하라.
3. 왜 이 구간을 필사하고 싶은 마음이 들었는지, 어떤 생각이 들었는지, 궁금한 점 등의 메모를 덧붙여라. (=스스로의 글을 써라)
4. 문장이 아닌 구절을 필사하라.

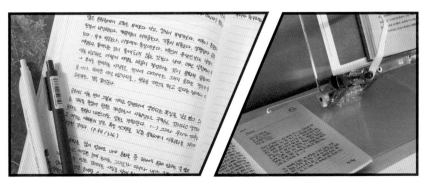

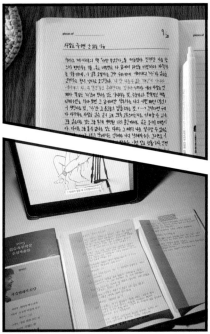

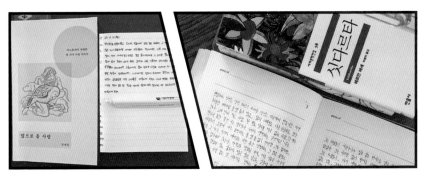

내가 글에 자신을 가졌던 이유, 그리고 어떻게 그 글을 쓸 수 있었는지가 중요하다. 그 글이 잘 된 건 그게 모두 내 경험에서 비롯된 이야기였기 때문이다. 어느 책에서 '프로' 작가가 한 말을 편집해 올린 글이 아니라 스스로의 경험과 감상을 썼고, 그렇기 때문에 근거 하나하나를 제대로 풀어 설명할 수 있었다. 다소 두서없는 글임에도 불구하고 생생한 경험과 거기서 비롯된 팁을 원한 사람들에게 글이 먹힌 것이다.

또 하나 재미있는 점은 내가 필사를 〈도그이어〉에서 처음 해본 것이 아니라는 것이다. 나는 몇 년 전 필사 모임에 참여한 적이 있다. '선생님'의 리드 하에 서로 느낀 점과 감상을 공유하는 '갓생적' 필사 모임 방이었다. 그러나 그때의 나에게 필사에 관한 글을 쓰라고 해도 나는 별다른 말을 하지 못할 것이다. 나는 〈도그이어〉와 함께하며 필사를 좋아하게 됐다.

〈도그이어〉의 필사 모임은 자유롭다. 일주일에 몇 번 이상 인증해야 한다던가, 몇 줄 이상 해야 한다는 등의 규칙도 없다. 그저 모두가 올리고 싶을 때 올릴 뿐이다. 단골 인증 회원도 있고 가끔 여유가 날 때 한 번씩 올리는 분도 있다. 서로의 필사를 보며 책이나 구절에 대해 이야기할 때도 있지만 대부분은 조용히 응원과 칭찬의 흔적을 남길 뿐이다.

그렇지만 필사 모임 단톡방은 1년이 넘도록 죽지 않는다. 한두 명이라도 인증 사진을 올리고 사진은 쌓인다. 나는 그게 이 자유로운 연결감 덕분이라 생각한다. 우리의 필사는 산뜻하다. 직접 무언가를 창조해야 한다는 부담감도 어떤 의무도 없기 때문에 이는 전혀 짐처럼 느껴지지 않는다. 오히려 이는 성취감을 주어 일상생활의 부담을 덜어준다. 타인의 글씨와 그가 읽고 있는 책을 엿보는 것은 약간의 관음욕마저 충족시켜 준다.

필사 모임에서 느낄 수 있는 건 혼자 필사하며 느낄 수 있는 것과는 다른 종류의 재미이며 나는 이런 모임이 당신이 정말로 필사를 좋아하기 전까지 이 행위를 지속하게 하는 데 도움이 될 것이라 믿는다. 지인들과, 온라인 커뮤니티에서, 오픈 카톡에서 필사 모임을 만들고 참여하라. 당신이 스스로 당신만의 언어로 필사를 정의할 수 있게 되기를 바라겠다.

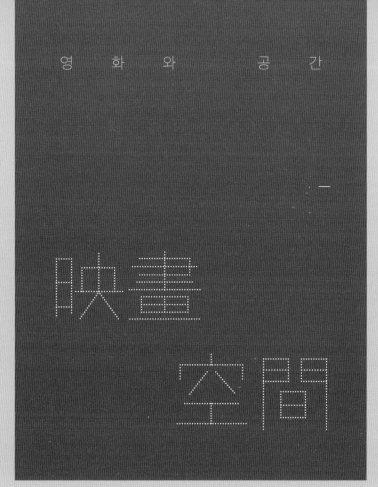

영 화 와 공 간

映畫
空間

글 : 간장

映畫 비칠 영, 그림 화. 영화란 촬영한 필름을 영사기로 영사막에 비추어 재현하는 종합 예술을 말한다.

空間 빌 공, 사이 간. 공간이란 어떤 물질 또는 물체가 존재할 수 있거나 어떤 일이 일어날 수 있는 장소를 말한다.

영화를 시청할 때 우리는 유기적으로 얽혀있는 수많은 플롯 속에서 각자의 경험과 해석을 통해 사건을 재구성하고 형상화하는 아주 개인적인 행위를 하게 된다. 이후 타인과 감상을 나누는 일은 우리들의 생각을 서로 연결해 주는 역할을 한다. 이렇게 감상을 나누기 좋은 매개체인 영화로 도그이어는 각기 다른 공간에서 세 번의 모임을 진행했다.

1. 여행지에서의 영화 〈Last Film Show〉

판 나린 Nalin Kumar Pandya | 드라마 | 인도, 프랑스, 미국 | 2023

- 간장 (★3.5)
  빛의 파장으로 전하는 플라스틱
  필름에 대한 찬사.
- 나무 (★5.0)
  몰락과 탄생.
  아름다운 공존의 순간.

"언제 밥 한번 먹자."라는 흔한 인사가 뜻밖의 만남을 불러오기도 한다. "기회가 되면 무주 영화제 함께 가면 좋겠다."는 한마디가 1박 무주 기행의 즉흥적인 시작이었던 것처럼.

무주 산골 영화제는 2023년 11회를 맞이했고 매년 여름 초입에 개최되는데 숲속에서 영화를 감상할 수 있는 덕유산 야외상영장이 있는 것으로 유명하다. 대부분 작품이 실내 유료 상영으로 전환된 모습은 코로나 팬데믹 영향으로 영화 산업이 처한 현실을 짐작하게 했다. 실내 상영권을 확보하지 못한 우리는 늦은 밤이 되어서야 판 나린 감독의 〈라스트 필름 쇼〉를 감상하게 되었다.

〈라스트 필름 쇼〉는 감독 본인의 자전적 이야기를 인도의 작은 마을에 사는 '사메이'가 영화와 사랑에 빠지는 과정으로 표현하고 있다. 영화를 처음 만나는 순간 영사기에서 쏟아져 나오는 빛에 이끌린 '사메이'가 빛을 잡으려 손을 뻗어 보지만 잡히지 않는 연출은 관객들에게 꿈을 향해 나아가고자 했던 열망들을 떠올리게 한다. 판 나린 감독은 〈분노의 여신들〉을 통해 보수적인 인도에서 배제되는 강인한 여성 캐릭터를 등장시키며 인도 당국의 퇴행적인 문화에 맞선 이례적인 인물이다.

영화에 대한 감상을 나누는 일은 자연스럽게 화자의 관점이 반영되고 서로의 의외성을 발견하는 계기가 된다. 여행지에서 해가 지는 풍경을 보고 감상에 젖는 일은 놀랍지 않지만, 술 한잔 마시지 않고 멀쩡히 감상에 젖는다면 놀림감이 될 게 분명하다. 각자 그런 분명한 특정성을 불시하고 나누는 타인과의 돈독함은 우리가 영화와 여행을 좋아하는 공통적인 이유인지도 모른다.

무주산골영화제 야외에서 감상했던 <Last Film Show>

- 간장 (★4.5)
  존재에 대한 미학적 질문,
  인간적 탐색.
- 나무 (★4.5)
  기억의 탐색 속에서
  재구성되는 추억들.
- 바름 (★4.3)
  다양성을 알게되며
  미래를 탐미하는 발걸음.
- 이원 (★3.8)
  인간과 비인간의 경계에
  대한 탐구, 질문.

인류학자 에드워드 홀(Edward T. Hall)이 소개한 '개인 공간(personal space)' 개념에 의하면 사람은 누구나 주변의 일정한 공간을 자신의 것으로 생각하는 무의식적인 경계선을 가졌다고 한다.

일반적으로 독서 모임은 카페, 도서관, 서점 등 구성원의 활동 범위 내의 일대를 골라 탐방하는 형식으로 진행된다. 보통 장소를 엄선해서 선정하기 때문에 문제가 없지만 간혹 한정적인 시간에 쫓기기도, 주제에 따라 발언에 제약이 생기기도 한다. 도그이어 역시 모임 장소를 옮겨 다니다가 지난 4월 독서 모임을 위한 독립 공간을 확보하게 되었고 이후 공간은 더욱 자유분방한 의견을 제시할 수 있는 환경이자 독서 모임 이외에도 다양한 활동을 기획하며 온전한 몰입을 목격할 수 있는 현장이 되었다. 그러던 7월 어느 날, 독서 모임을 마치고 함께 코고나다 감독의 〈애프터 양〉을 관람했다.

안드로이드가 보편화 된 미래 사회를 배경으로 한 〈애프터 양〉은 '카이라'와 '제이크' 부부가 입양한 동양인 '미카'에게 모국 문화(뿌리)를 접목하기 위한 역할을 하던 안드로이드 '양'의 작동이 멈추게 되고 가족들이 수리를 맡기는 과정에서 '양'에게서 발견된 기억 장치 속 저장된 기억을 하나씩 마주하기 시작하는 내용을 담고 있다.

기억은 어떻게 저장될까? 우리의 뇌 속 신경세포(뉴런)는 최소 11차원, 우리로서는 상상하기 어려운 다차원 기하학적 구조라고 한다. 영화 속 '양'의 기억을 찾는 과정 역시 비슷하게 표현된다. 우리의 기억 저장 회로를 꺼내어 볼 수 있다면 각각 독립된 세계 속 빛나는 얼굴과 생생한 눈동자들을 마주 보게 될 것이다. 인간의 정체성을 설명하고 규정짓는 것은 일상을

채우는 무수한 존재들이기 때문이다.

책을 읽고 모여서 그날의 안부만을 묻고 헤어지는 모임 구성원으로 만난 우리는 각자의 기억에 어떤 모습으로 저장되고 있을까? 독서 모임을 함께 하는 그날 외의 모습은 전혀 모르는 그들에게 경계선을 충분히 허물고도 나는 안전하다고 느낀다. 독서 모임이라는 우연한 만남이 기억 속에 생생하게 빛나며 남아있을 이들을 발견하게 해준 것이다.

3. 극장에서의 영화 〈어디로 가고 싶으신가요〉 김희정 | 드라마 | 대한민국 | 2023

올해 3n살을 맞은 내가 처음 극장에서 본 영화는 '해리포터와 마법사의 돌'이었다. 요즘엔 덕유산 정상이나 비행기 안에서도 영화를 볼 수 있지만, 극장에서 커다란 스크린을 통해 영화를 보는 즐거움은 여전히 우리의 시청각을 사로잡는다.

국내에서 현재 상영 중인 가장 오래된 극장은 1895년 개관한 인천 〈애관극장〉이고, 두 번째는 1935년 광주광역시에서 개관한 〈광주극장〉이다.

8월 어떤 날 도그이어는 책이 원작인 영화를 보기 위해 광주극장을 방문했고, 이날 관람한 김희정 감독의 〈어디로 가고 싶으신가요〉는 2017년에 출간된 김애란 작가의 『바깥은 여름』에 수록된 단편을 원작으로 제작한 영화였다.

〈어디로 가고 싶으신가요〉는 사고로 가족을 잃고 남겨진 두 여성의 삶이 교차하는 순간을 그려낸다. 원작 소설에서는 사고로 남편을 잃은 '명지'의 시점이 주가 되지만 영화

- 간장 (★3.0)
  눈이 멀 것 같은 고통 속에서도
  태양을 들여다볼 용기.
- 나무 (★3.0)
  아름답고 슬픈 삶과
  삶이 맞닿는 순간들.
- 시루 (★3.5)
  단조로운 슬픔으로부터 삶을
  건져올리는 다정과 기억의 연대.
- 용과 (★4.0)
  상실을 마주해야만
  비로소 찾아오는 치유.

에서는 각색을 통해 사고로 남동생을 잃은 '지은'이라는 인물이 작품의 흐름을 지탱하는 큰 축이 되어 죽음이 아닌 삶에 뛰어들 의지를 가진 인물로 표현된다. 우리 삶에 숨겨진 침전물처럼 가라앉아 있는 슬픔은 삶의 일부이면서도 일상에서 떠올리고 싶지 않은 주제일 수밖에 없다. 그렇기에 우리는 책과 영화에 담긴 슬픔과 상실의 은유들을 보며 관찰자와 영원한 관객이 되는 것이다.

독서 모임의 장점 중 하나는 서로를 잘 모르기 때문에 오히려 솔직하게 대화할 수 있다는 점이다. 오가는 대화들은 개인의 고민과 상념들이 본인만의 것이 아니라는 것을 알려주고 모임 구성원을 결속시키는 요인이 된다. '우리가 가진 유일한 인생은 일상이다. 일상이 우리 인생의 전부이다.' 프란츠 카프카(Franz Kafka)의 말이다. 일상을 살아갈 영감을 나눈 우리는 각자의 자리로 돌아가 자신만의 유기적인 세계 속에서 책을 읽을 것이고 종합 예술과 같은 일상을 살다가 다시 만날 것이다. 감사하고 궁금해하며 살겠다는 마음으로.

여름을 함께
즐기는 방법

여름은 어떻게 보내는 거였더라.
어떤 것은 붙잡고 싶고 어떤 것은 떠나보내고 싶은 계절, 여름.
그동안 도그이어에서 받은 환대를 돌려드리고 싶은 마음에
내가 살고 있는 지역, 광양으로 회원님들을 초대했다.
때는 마침 7월. '무더운 여름을 함께 나면 재미있지 않을까?'라는 생각에
행사 이름을 〈여름나기〉로 정했다.

글 : 다정

가장 먼저 고민한 것은 회원님들과 '무엇'을 할 것인가였다.

광주에서 할 수 없는 작당을 모의하고 싶었다. 우리의 공통 관심사는 무엇이고 어떻게 해야 재미난 1박 2일을 보낼 수 있을 것인지 생각했다.

주제는 여름으로 정했으니, 중심에 키워드를 두고 마인드맵을 펼쳐 나가기로 했다. '여름 활동에는 뭐가 있지? 영화를 같이 볼까? 비가 많이 올 수도 있으니 실내 활동이 좋겠지? 음식은 무엇을 준비할까? 여름엔 물이 있어야 하는데. 야경도 보면 좋겠다.' 이렇게 말이다.

떠올린 키워드를 조합하여 광양에서 소개하고 싶은 곳과 여름에 함께 하고 싶은 활동을 섞어 일정을 마련했다.

일정은 다음과 같다.

하나. 함께 수영하기 (장소: 광양수영장)
여름 하면 생각나는 운동은 누가 뭐라 해도
수영이다. 작년, 회원들끼리 갑작스레 잡은
'수영 번개'를 가지 못했던 아쉬움이 떠올랐
다. 하고 싶은 일이 있다? 계획하면 된다.
도그이어에서는 생각이 현실이 된다.
50미터 초급레인을 점령한 우리였다.

둘. 여름 음식 먹기 (장소: 토배기 칼국수)
콩물국수와 열무 물냉면.
더위를 식히기 위한 최고의 음식이다.
사실 칼국수를 소개하고 싶었으나,
장마철 습한 기운과 수영 후 달아오른 열기 덕분에
열무물냉면의 맛을 알아 왔다.
이곳에선 땡초김밥을 잊으면 안 된다.
별미 역할을 톡톡히 해낸다.

셋. 소품 가게 구경 및 커피 한잔 (장소: 인서리공원)
인서리공원은 광양시가 도시재생사업의 일환으로
원도심 한옥 14채를 문화공간으로 재생시킨
복합문화공간이다. 광양에 방문하는 회원님께
소개하고 싶은 장소였다.
우리는 소품 가게에 도그이어의 흔적을 남기고,
필사를 위한 집게를 구입했다.

넷. 미술관에서 전시 관람하기
(장소: 전남도립미술관)
유독 비가 많이 오던 여름.
실내에서 유익한 시간을 보내고 싶다면
미술관은 어떨까? 여름과 잘 어울리는
바다를 주제로 한 전시 '아시아의 또 다른 바다',
2023 순천만국제정원박람회 기념전
'영원 낭만 꽃'을 관람했다.

다섯. 여름밤 이야기 나누기
(장소: 다정 집)
복닥복닥 모여 이야기를 나누던 수련회가
떠오르는 시간이었다. 음식을 먹으며
하루 중 인상 깊었던 시간을 돌아보았다.
여름 하면 떠오르는 노래를 담아 여름나기
플레이리스트를 만들었다.
재생 버튼을 누르면 여러분도
그날의 분위기를 느낄 수 있다.
숨겨진 명곡과 아는 노래를 찾아보자.

 여름나기 플레이리스트 링크

여름나기를 마치며

도그이어에서는 각기 다른 사람들이 모여 이야기를 나누고
그 경험이 다른 경험으로 이어지는 선순환의 모습을
목격할 수 있다. 우리의 수다는 곧 우리가 살아갈 힘이 된다.
이 글을 읽는 여러분도 여러분의 공간에서
재미난 경험을 만들어 갔으면 한다.
누구나 재미지게 살아갈 수 있다. 내가 그러하듯이.

04

모임의 참여

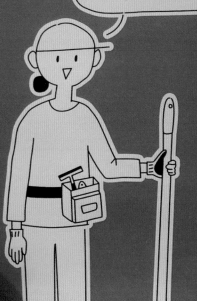

글 : 루스

김예지
작가와의 만남

　우리는 책을 통해 작가의 세계와 조우한다. 애독가라면 충분히 이해할 것이다. 책을 여는 서론부터 마지막 작가의 말까지 남김없이 핥아도 부족함이 들 때가 있다. 유튜브나 잡지에 인터뷰를 검색해서 찾아보거나 작가에게 직접 메일을 남길 수도 있다. 운과 시기가 좋다면 작가와의 만남 행사를 통해 직접 그를 만나는 호사를 누리기도 한다.

때는 2020년, 누구도 예상치 못했던 전염병이 전세계를 덮쳤고 때마침 호기롭게 독서 모임을 시작했던 우리는 사회적 거리두기로 인해 랜선 만남을 거듭하고 있었다. 광주광역시 및 전라남도 지역을 기반으로 활동하는 20~30대 여성들이 모여 이야기를 나눌 때면 공통적으로 나오는 주제가 항상 있었다. 그 중 하나가 바로 '진로' 였다.

사회로 나갈 준비를 하고 있는 여성, 묵묵하게 사회에서 1인분을 책임지고 있는 여성, 다른 분야로 이직을 꿈꾸는 여성…. 모두가 각자의 방법으로 미래를 고민하고 있었고, 누군가는 본인이 원하는 일과 생계를 위해 종사하는 일을 두고 이상과 현실에 부딪치고 있었다. 다양한 직종에 종사하는 여성들의 이야기가 너무 없었다.

그러던 중 김예지 작가의 책 『저 청소일 하는데요?』를 만났다. '청소'의 영역은 우리의 일상에서 필수적이다. 게다가 깊게 들여다보면 어떤 오염인지에 따라 그 방법과 도구가 무궁무진한 전문영역이다. 하지만 오물을 씻어내는 기피 직종의 이미지로 흔히들 경력단절 중년 여성의 일로 치부되어 왔다. 하지만 작가는 20대 여성임에도 청소일을 하고 그림을 그리며 담백하게 자신의 꿈과 직장 이야기를 풀어낸다. 그렇게 우리를 지금껏 전혀 가보지 못한 곳에 데려갔다.

직업에 귀천은 없다. 없다고들 한다. 우리도 그 렇다고 생각했다. 책을 통해 우리의 식견이 얼 마나 좁았는지, 세상을 바라보는 편견을 한꺼풀 벗겨내면 도처에 얼마나 많은 직업이 있는지 알 게 된다. 미래를 고민하는 여성들에게 자신 내면 의 목소리에 귀기울이고 용기를 낸 작가의 말이 필요했다. 하지만 코로나19, 광주광역시라는 지 방, 적은 강연료…. 이게 될까? 의문이 생겼지만 작가의 책에서 배운 대로 용기를 가지고 문을 두드렸다.

걱정이 무색하게 작가님은 흔쾌히 제안에 응 했고, 그날부터 작가와의 만남을 분주히 준비했

다. 모두가 각자의 재능을 살려 포스터를 디자인하고, 홍보 문구를 작성하며, 행사 진 행 스크립트를 썼다. 아직 신생 독서 모임인지라 홍 보 차원에서 참가자에게 배부하고자 도그이어 로고 가 들어간 메모지도 제작했더랬다. (지금 생각하니 귀 엽다.) 비건 지향인 작가의 취향을 고려해 조그만 답 례로 비건 양갱도 준비했다. 회원 모두가 마음을 모아 준비한 덕분에 지역 주민들을 대상으로 했던 행사는 작은 사인회를 끝으로 성공적으로 마무리되었다.

직접 행사를 주최해보니 작가를 직접 대면하는 시 간 뿐만 아니라 이를 아우르는 모든 과정, 그러니까 기획부터 섭외, 준비, 진행까지 모두 그를 '만나는' 시 간의 일부였음을 알게 되었다. 책을 통해 용기를 배운 우리는 직접 행동했고, 겉보기에는 이전과 다를 바 없 었지만 모임 내에서 무언가가 달라졌음을 여실히 느 꼈다. 우리는 뭐든 할 수 있다, 된다는 믿음과 자신감. 이를 시작으로 정혜윤 작가, 요조 작가를 초청하여 그들의 내밀한 이야기를 듣고 소통했다. 아직 듣지 못 한 이야기가 많다. Who's next?

'달벌살콤'한

  취미가 독서라는 사람을 만나면 "어느 출판사의 무슨 책을 좋아하세요?" 하는 평범한 취향 조사보다는 영 다른 것을 취재하고 싶다. 이 사람, 손수 글을 쓰고 싶어 하진 않을까? 소설이든 에세이든, 혹은 인문학 저서가 됐든 말이야. 문체는 어떨까? 성격처럼 매섭고 날카로우려나? 아니야, 의외로 무르고 따뜻할지 몰라.

  실제로 몇 사람에게 직접 물은 적도 있는데, 그때마다 대답은 비슷했다. "해 보고는 싶지요", "그럴 수 있다면 좋겠네요", "그냥 생각만 하고 있어요" 아무것도 준비하지 않고 대강 설계만 해 놓은 이들은 하나같이 저리 대답한다. 적당히 미지근한 온도로 어렴풋이 얼버무리는 게 특징이다. 하긴, 글을 쓴다는 게 쉬운 일은 아니지.

그러나 한 가지 재미있는 것은, 넌지시 물었을 때 펄쩍 날뛰며 "아니요? 미쳤어요? 제가 무슨 작가가 돼요? 저 글 못 써요" 하는 사람은 없다는 것이다. 문장력이 나쁘고 상상력이 없다는 사람들마저도 "저는 안 될 거예요"가 아닌, "저도 할 수 있을까요?" 라 되물어 온다.

이렇듯 읽는 자들은 결국 쓸 수밖에 없다. 나는 이것을 문학의 숙명이라고 생각한다. 태어났으니 살아간다 말하는 것처럼, 읽었으니 쓰게 되는 것이다.

허나 우리가 누구인가? 삶에 찌든 현대인이 아니던가. 창작은커녕 일기마저도 월기가 되기 일쑤고, 다이어리에는 구내식당 메뉴만이 거칠게 적혀 있을 뿐이며, 좋은 글감은 하필 샤워할 때에 떠올라 거품과 함께 녹아 버리는!

그런 당신에게 도그이어 글쓰기 모임을 소개하고 싶다.

달마다 하나의 공통 주제로 각각 원고를 완성하는 것이 우리 글쓰기 모임의 기본 규칙인데, 다른 회원이 작성한 원고를 훑을 때면 기분이 말랑말랑해지며 어깨가 쭈뼛 솟아오르고는 한다. 매번 까불대던 사람이 사뭇 진지하고 어두운 사색에 잠겨 있거나, 항상 냉랭한 자세를 유지하던 사람이 남몰래 환상 세계를 꿈꾸는 걸 알게 됐을 때가 특히 그렇다.

글이라는 건 참으로 신비하다. 몇 문단 써 놓은 것만으로 작성자의 생애와 가치관이 엿보인다. 드러낼 의도가 없었다고 한들 말이다. 어떤 면에서는 무섭다고도 할 수 있겠다. 그럼에도 그 무서운 글이, 섬뜩한 글쓰기가 좋다. 타인의 인생을 뽑아 꼼꼼히 읽는 것도, 누군가 내 인생을 뽑아 면면이 살피는 것도 짜릿하고 사랑스럽게 느껴진다.

독일의 작가 장 파울은 '인생은 한 권의 책과 같다'고 말했다. 이 흔한 명언을 마주하는 태도 역시 글쓰기 모임에 참여하기 전과 후로 나뉘리라 확신한다. 타인의 삶이 한 권의 책이라 인지하고 마는 것과 몸소 펼쳐 탐독하는 것에는 큰 차이가 있으므로.

나는 내가, 당신이, 그리고 또 우리가 다른 이의 인생을 조금 더 자주 읽어 보았으면 한다. 그리고 그것에 영향받아 한 달짜리 월기에, 다이어리 속 구내식당 메뉴 옆에, 거품처럼 녹아 버린 글감에 스스로의 인생을 한 줄이라도 싣게 되기를 바란다.

어쩌면 당신은 '직접 글을 써 보고 싶지 않으세요?'라는 질문을 받을 때마다 살포시 웃으며 '해 보고는 싶지요, 그럴 수 있다면 좋겠네요, 그냥 생각만 하고 있어요' 하고 말았을지 모른다. 또는 눈을 동그랗게 뜨고서 '저도 할 수 있을까요?' 되물었을 수 있다.

확실한 것은 당신이 행동하지 않은 동안에도 당신만의 책은 계속해 쓰이고 있었다는 사실이다.

이로 말미암아 깨달음을 얻었다면 문학의 숙명 첫 단계를 받아들였다고 볼 수 있다. 때로로 섬찟하겠지만 이내 아름다울 수밖에 없는 글쓰기의 세계에 온 것을 환영한다. 자, 이제는 펜을 들 시간이 되었다. 주어진 주제 아래 인생의 어느 페이지를 펼칠 것인지는 당신의 선택에 달렸다.

다음으로는 도그이어 회원들이 직접 작성한 글 네 편이 수록되어 있다.
'빗'과 '여름'의 글감을 이용한 글 각 두 편을 선정했다.
당신은 '빗'과 '여름'이라는 주제를 듣고 어떤 것이 떠오르는가?
떠오르는 것이 있다면 지금 당장 그것을 활자로 표현해보자. 그것이 당신의 첫 글이다.

친애하는 시트론 선수님께

글 : 깨단

안녕하세요. 말끄미 대표 머리빗입니다. 사실 제가 하는 사업은 저희 집안 대대로 내려온 가업이었어요. 아주 오랜 과거부터 현재까지 쭉 거래를 이어오는 인간 가문이 탄탄한 주요 고객층이셨죠. 그런데 저희와 공생하며 동업하던 형제기업인 '머리이' 측이 시대변화에 적응하기 위해 한국을 떠나셨어요. 남아공 쪽으로 가셨다고 들었는데 그쪽에서는 여전히 이 사업이 블루오션이라고 들었어요.

어쨌든, 사업 파트너가 사라졌으니 가업의 규모도 점차 수그러들고 수입 또한 일정 선에서 정체되기 시작했어요. 게다가 헤어롤이나 면도 등 유사 기업에서 무서운 속도로 사업을 확장하여 이렇게 두면 머리빗 가문의 가업이 존폐 위기에 놓이지 않을까 하는 생각에 제가 본격적으로 가업에 뛰어들었습니다. 저는 가업을 일으키기 위해 가장 먼저 공생 파트너가 사라진 우리에게 남은 장점이 무엇일까를 고민했어요. 저는 상대에 따라 누군가에게는 눈물이 찔끔 나는 고통을 줄 수도 있고, 반대로 발끝까지 찌릿찌릿해지는 시~원한 쾌감을 줄 수도 있지요. 그래서 저희 집안에서 대대로 이어져 오는 이 능력을 살려 줄 다양한 외모의 직원들을 발탁했어요. 요즘 사람들은 어쨌든 예쁜 걸 좋아하니까 피부색이 형형색색으로 화려한 직원, 빗 꼬리가 엄청나게 길거나, 꼬리는 몹시 짧아도 머리가 굵은 직원까지 다 각자의 쓸모가 있거든요.

저희가 주로 하는 일은 교통 정리 정도로 생각해 주시면 되는데요, 어제는 강풍의 영향으로 엉망이 된 인간 가문의 의뢰인을 정리해 주고 왔어요. 제가 엉망으로 엉킨 인간들의 머리카락을 정리하느라 지나다닌 길을 보면 낙엽같이 우수수 흩어진 잔해들이 많이 남는데 그 탓에, 버럭 화를 내시는 의뢰인들이 자주 계세요. 누누이 말씀드리지만 그게 저희 탓은 아닙니다. 다들 낙엽을 떠올려보세요. 낙엽은 자신의 본분을 끝마쳤기 때문에 자연스레 땅으로 떨어지는 것이지 제가 끌어 내린 게 아니랍니다. 교통정리가 끝나고 떨어진 머리카락들은 원래가 떨어질 운명이었던 의미죠.

요즘은 그런 클레임에 진절머리가 나서 주요 고객층을 바꿔보려 노력하고 있어요. 1년치 클레임 접수 추이를 검토해 보니 인간 가문에서 접수된 클레임이 대부분이더라구요. 사실 동물업계에서는 계절 따라 '털갈이'하는 풍습이 있어 털을 빨리 정리해드리는 걸 오히려 좋아하세요. 그래서 최근 동물업계 큰손이신 고영희 여사님께 영업을 나갔는데 체험판부터 아주 만족하시어 골골송을 흥얼거리셨습니다. 결국, 아랫배 영역은 절대로 건드리지 않겠다는 계약조항을 걸고 첫 거래를 성사시켰지요. 고영희 여사님은 저와의 거래가 꽤나 마음에 드셨는지 시트론 선수님까지 선뜻 소개해 주셨답니다. 덕분에 이렇게 편지를 드릴 수 있게 됐네요.

중요한 경기를 앞두고 계시다고 들었는데 컨디션 관리는 잘하고 계신지요. 저는 이 일을 하다 보니 몸 이곳저곳이 부러지기도 하고 퇴근 시간만 되면 일하는 동안 몸에 쌓인 털과 머리카락 잔해에 짓눌려 정작 제 모습은 엉망이 되거든요. 그럼에도 이 일은 제게 큰 기쁨입니다.

서론이 너무 길었네요. 각설하고, 경기 출전으로 요구되는 민감한 조건이나 옵션도 면밀히 검토하여 추가해 드릴 수 있으니 언제든지 말씀해 주세요. 바람 따라 일렁이는 갈기와 말총 꼬리 관리를 저희에게 맡겨 주심에 무한한 감사를 드립니다. *시트론 선수님과 함께 일할 수 있다는 사실이 영광스럽네요. 그동안 쌓인 노하우를 십분 발휘해 엉키지 않고 찰랑이는 털들로 보답을 드릴게요. 그럼 다음 달 제주 미팅에서 뵙겠습니다. 제 진심이 닿았길 바라며, 2023년 9월 30일 말끄미 대표 머리빗 배상.

---

* '시트론'은 〈겨울왕국〉에서 한스 왕자가 데리고 다니는 말의 이름.

대나무 담장

글 : 바름

아버지가 담을 뚫어지게 쳐다보다 영정 속에서 몸을 쑤욱 빼며 나와 말한다.

"아직도 그 정도뿐이냐?"

분명 돌아가신 지 3년이 꼬박 넘었는데 음성 하나, 숨소리 하나까지 기억난다. 짙은 눈썹 사이에는 항상 천(川) 모양의 주름이 져 있고, 마음에 들지 않은 부분이 생길 때면 오른쪽 눈썹이 올라갔다. 오늘도 아버지는 그 얼굴을 하고 담을 못마땅하게 쳐다보셨다. 늘 그랬듯 담은 아버지의 말에 고개 하나 들지 못한 채로 눈을 질끈 감아버린다. 꿈에서 깨어나니 베개는 땀으로 흠뻑 젖어 있었고, 담은 익숙한 일인 듯 머리맡에 놓인 피톤치드 향 스프레이를 뿌린다. 악몽 아닌 악몽을 꾸준히 꾸다 보니 이제는 의연해진 것이 퍽 웃기다. 공허한 마음으로. 칙칙.

거실에 나가니 어머니는 말없이 바닥을 걸레로 훔치고 계셨다. 담은 어머니께 고개를 꾸벅 숙이고 탁자에 세워진 아버지의 영정을 바라보았다. 꿈에서 본 것이 진짜인지 아닌지, 이제는 분간도 안 간다. 그리워하기에도 모자란 삶에 왜인지 모를 불편한 감정만 가득하다.

담이 샤워를 마치고 나오자 어머니는 그제야 일어서시며 담을 쪼아본다.

"당일분은 깔끔히 정리해라. 아버지가 제일 싫어하시는 행동인 거 모르니."

간신히 참아낸다. 이 집에서 의견을 내는 것만큼 무의미한 것은 없으니까. 섬뜩할지 몰라도 담은 아버지가 중환자실에서 눈도 못 뜨실 때 '돌아가시면 이제 숨 좀 쉬겠지.'하고 살짝 기대했다. '나도 다른 세상을 꿈꿀 수 있겠지.'하고 말이다. 하지만 하루가 멀다고 꿈에 나오는 아버지와 그와 40여 년을 함께한 어머니에게는 가당치도 않은 기대임을 깨닫는 데는 오래 걸리지 않았다.

담의 집안은 대대로 참빗을 만드는 무형 문화재 집안으로, 아버지는 그의 선대들이 그랬듯 당연히 빗을 만드셨고, 이제는 담이 다음 계보를 이어 6대 무형 문화재가 될 차례였다. 하지만 2023년에 참빗을 쓰는 사람은 한 번도 본 적이 없다. 이건 2023년뿐만 아니라 담이 초등학교에 다닐 때 머리에 이가 생겨 반짝 흥행한 것 말고는 더는 볼 수 없었다.

종종 판소리나 국악을 연주하는 사람들이나 노인들, 일 년에 한 번 담이 사는 지역에서 주최하는 전시회 때만 참빗을 세상에 내놓을 수 있다. 그마저도 담은 여태 살면서 딱 두 번. 아버지의 허락 하에 전시회에 작품을 낼 수 있었다. 그때도 딱히 기쁘지 않았다. 그저 '드디어 인정받았구나.'라고 생각할 뿐. 이런 하루하루가 얼마나 가는지 모르겠다는 고민 속에 담은 참빗을 만드는 자신이 참 의미 없게 느껴진다.

늘 그랬듯 아침을 먹고 작업실 탁자에 커피를 한 모금 마신다. 그러면 어머니는 미리 분절해 두신 대나무를 담의 곁에 두고 가신다. 서랍에서 칼을 꺼내 대나무를 일자로 세워 *대 뜨기를 하는데 "아." 나무 사이에 흠집이 난 곳에 걸려 손가락이 찔렸다. 그만큼 집중을 하지 않았다는 것인데. 담은 차분하게 집게로 가시를 빼내고 피를 짜낸다. 빨간 피와 담. 대나무와 담. 참빗과 담. 아버지와 담. 단어가 꼬리에 꼬리를 물어 두통이 온다. 쪼개지는 건 대나무가 아니라 담의 머리가 되었다.

이래서는 오늘 빗을 만들어내지 못한다. 담은 생각의 고리를 끊어내려 밖으로 나온다. 호흡을 내쉬며 대나무 숲을 바라본다. 바람결을 따라 대나무들은 한 방향으로 움직인다. 담은 그게 마치 참빗과 함께할 자신의 인생 같다.

---

*대 뜨기: 대나무의 껍질과 속살을 분리하는 작업.

차가운 여름

글 : 나무

눈사람은 겨울이 지긋지긋했다. 온통 새하얀 세상도, 앙상하게 마른 나뭇가지들도, 짧은 낮 시간도, 사람들의 움츠린 어깨들도.

눈사람은 여름으로 가고 싶었다.

안경 쓴 키 작은 눈사람은 여름엔 온갖 색을 가진 꽃들이 사방에 피어있다고 했다. 눈에 검은콩이 박혀있는 눈사람은 여름엔 해가 길어서 온 세상이 반짝인다고 했다. 머리에 멋진 털모자를 쓴 눈사람은 사람들이 짧은 옷을 입고 바다로 가서 튜브를 타고 논다고 했다.

하지만 몸통이 세 개인 눈사람은 겨울엔 벌레가 없어서 좋다고 했다. 만들어지다 만 눈사람은 겨울엔 사람들의 입에서 나오는 하얀 입김이 좋다고 했다. 캐릭터 모양을 한 눈사람은 겨울에 느껴지는 상쾌하고 차가운 공기가 좋다고 했다.

눈사람은 여름이 궁금했다. 끊임없이 고민한 끝에 눈사람은 여름으로 가기로 마음먹었다.

눈사람은 사람에게 말했다.

"여름으로 가고 싶어. 여름으로 나를 데려다줘."

"잘 생각해 본 거니? 여름으로 가면 다시 되돌아 올 수 없어."

사람은 재차 물었지만 눈사람의 대답은 확고했다. 사람은 눈사람을 위해 여름을 보여 주기로 했다. 사람은 눈사람을 커다란 냉동고로 옮겼다.

"여기서 조금만 자고 일어나면 여름이 되어있을 거야."

냉동고가 닫히자 사방이 깜깜했다. 눈사람은 이내 깊은 잠에 빠져들었다.

눈사람은 길고 깊은 여름 꿈을 꾸었다. 아주 행복했다.

여름이 되자, 사람은 눈사람을 깨웠다.

"여름에 온 걸 환영해."

사람이 문을 열자, 습하고 더운 공기가 한 번에 밀려 들어왔다. 세상을 전부 밝힐 듯한 빛이 무례하게 파고들었다. 사람은 눈사람을 밖으로 옮겼다. 여기 저기서 맴맴거리는 매미 소리와 사람들의 활기찬 웃음소리가 들렸다. 세상이 온통 초록빛이었다. 눈사람은 밖으로 옮겨지며 서서히 녹고 있었다. 눈사람은 녹아내리며 삐딱한 여름을 마주했다. 하지만 이상했다. 눈사람은 녹으면 녹을수록 겨울이 떠올랐다. 눈사람은 여름이 덥거나 뜨겁지 않았다. 너무 추웠다. 겨울보다 차가운 여름이었다.

눈사람의 몸 대부분이 물이 되어 가고 있었다.

눈사람이 완전히 증발하기 전, 어디선가 목소리가 들려왔다.

"여름은 지긋지긋해. 겨울로 가고 싶어."

해바라기가 말했다.

청춘의 여름, 여름의 청춘

글 : 탐몽희

'여름'하면 포항 바다가 생각난다.

포항은 내가 지금 직장에 오기 전 직장을 위해 1년 정도 살았던 곳이다.

부산 사람인 나는 처음 포항에 갔을 때 포항 바다가 성에 차지 않았다. 특히 내가 살았던 곳은 영일대 해수욕장이 걸어서 5분 거리였는데 영일대 해수욕장 너머로 보이는 포스코의 광경이 흉물스러워 보였다. 하지만 그곳을 걷고 뛰는 횟수가 늘면서 나는 서서히 정이 들게 되었다.

대학원을 졸업하고 전공을 살려보겠다고 간 연구소는 숫자로 적혀지는 데이터를 만들기 위해 수많은 생물을 해부해야 했다. 청어, 대게, 기름가자미, 문어, 갑오징어 등…. 가장 당황스럽고 회의감이 들었을 때는 어마무시하게 큰 대구의 머리통을 톱으로 갈라 물고기의 나이를 알 수 있는 이석을 뽑아낼 때였다. 물살이들을 해부할 때 냄새도 힘들었지만 너무 많은 사체들이 쌓여가는 걸 보고 죄책감이 들었다. 특히, 문어는 정말 끈질기게 반항한다. 반이 갈려도 빨판으로 손을 붙잡는다. 문어는 지능도 높다고 한다…. 하지만, 계속하다 보니 나는 무뎌져 갔다.

해부할 때를 제외하고는 업무강도가 높지 않았던 전 직장에서 나를 또 못 견디게 하는 건 정규직이 아니라는 막연한 불안감이었다. 일이 없을 때는 회사에서 자격증 공부와 NCS 공부를 했다. 그리고 퇴근하고는 불안감을 달래고자 바다를 매일 걷고 뛰었다. 청춘은 겨울보다 여름을 닮아있었다. 감당하기 버거울 만큼 뜨거워서 쥐고 있기가 힘들었다.

그때의 나는 지금의 나를 보면 무슨 생각을 할까? 모든 것이 안정되어 있는 나를 보면 잘했다고 하려나? 오히려 그때가 더 자유로울 수 있었다고 생각하는 나는 배부른 걸까? 아직 내 여름은 끝나지 않았나 보다.

마음에 드는 글감을 선택하여 자유롭게 짧은 글을 작성해 보자.

글 :

편집 후기

간장

발행까지 1년이 걸렸지만 너무 뿌듯하다.
이 글을 보신 분은 어서 독서모임에 가입해 보세요~

깨단

1. 그냥 한다.
2. 하면 된다.
3. 나도 했다.

나무

드디어 끝났다! 누군가의 '독서모임 만들자'는 한 마디,
'독서모임 책 만들자'는 한 마디가 나를 이렇게 만들었다.
제 앞에서는 말 조심해 주세요!!

바름

혼자하면 망설이느라 평생을 지지부진했을 꿈이 함께였기
에 이뤄낼 수 있었다! 세상에 도그이어의 글이 멀리멀리
퍼져 나가길 바란다.

안녕

왜요? 제가 이렇게 본새나고 갓벽한
도그이어 발행한 사람으로 보이시나요?
시즌2도 기대합니다!

이원

차마 중간에 관둘 수가 없어서 끝까지 온 건데
그러길 잘한 것 같다! 인쇄물을 보니 너무 예쁘고 뿌듯!
잘 팔리고 잘 읽으셨으면~

DOG EAR

기획, 디자인, 편집, 마케팅

강성희, 강아름, 김수정, 김정빈, 박은빛나, 정신애

Contact us

인스타그램 Instagram
@dog_ear_book

네이버 블로그 naver blog
blog.naver.com/gj-dog-ear

이메일 E-mail
gj-dog-ear@naver.com

광주여성 독서모임
ⓒ 도그이어

발행일 2024년 07월 25일
지은이 도그이어

발행처 인디펍
발행인 민승원
출판등록 2019년 01월 28일 제2019-8호
전자우편 cs@indiepub.kr
대표전화 070-8848-8004
팩스 0303-3444-7982

정가 12,000원
ISBN 979-11-6756-581-5 (03800)